岁月回响

甘国栋 著

中国国际广播出版社

图书在版编目（CIP）数据

岁月回响 / 甘国栋著. — 北京：中国国际广播出版社，2023.5
ISBN 978-7-5078-5191-5

Ⅰ. ①岁… Ⅱ. ①甘… Ⅲ. ①散文集-中国-当代 Ⅳ. ①I267

中国版本图书馆 CIP 数据核字（2022）第 254956 号

著　　者	甘国栋
责任编辑	万晓文
责任校对	申　爽
装帧设计	书香力扬
出版发行	中国国际广播出版社有限公司　[010-89508207（传真）]
社　　址	北京市丰台区榴乡路 88 号石榴中心 2 号楼 1701 邮编：100079
印　　刷	成都兴怡包装装潢有限公司
开　　本	145×210
字　　数	120 千
印　　张	5.625
版　　次	2023 年 5 月四川第一版
印　　次	2023 年 5 月第一次印刷
定　　价	52.00 元

版权所有　盗版必究

一枚浅笑

谷运龙

能为一个朋友或师长的新书写几句话,实在是让人心生愉悦的事。因为你可以在那些芬芳欲滴的文字中享受着一种悲苦的力量或一种快乐的希望,鼓荡你胸襟的友爱之水,那样的充沛,那样的丰盈,泛出清碧的涟漪。而这一切又都恐怖在忐忑之中,不得不在徬徨和徘徊中去寻觅旧有的往事,捕获那些似乎总也消亡不了的明眸皓齿。

现在的我亦即如此。

很多具象的东西都在时空的涂鸦中漫漶着抽象开去,让我难以抓住相识的地标。头脑中总浮现出国栋老师古典而又真诚的浅笑。那时我俩都在三山竞秀、二水争流、以后因"5·12"汶川特大地震而惊愕世界的汶川县工作,他是威州民族师范学校的副校长,县上的好些活动,如汶川熊猫故乡艺术节、重大招商引资活动,都得仰仗学校以歌舞相吸。他总是不露声色地暗里用劲,以其儒雅的举止和动听的言辞成全了一桩桩县上的好事。于是,他那身总是熨得笔挺的中山装便挂在我的心里了。以后,我去了马尔康,工作上难有交往,心里那件笔挺的中山装便在岁月的磨洗中褪去了不少颜色。又过了不知多少年，十几年吧，一条节日祝福的短信敲开了几乎关上的友谊之门。之后，凡有节日，祝福必到，问候必到。老师的诲人不倦和谆谆告诫为我心里的中山装着上了永不言褪的色彩，如那枚巧笑盎然出一个又一个春天。

以前很少读他的作品，甚至根本不知道他也是酷爱文学的发烧友。直到有一天，在阿坝文友圈中读到他的一篇游记，方知我俩亦是臭味相投的"一丘之貉"，都用自己独持的秉性和异味宣誓着自己的文学领地。

我用一天的时间读完了老师的《岁月回响》，感到了老师文字的隽永和情爱的真挚。无论何时何地何人，亲情始终都娓娓的，如小溪在山间款款地歌唱，歌唱悲苦的伟大，也歌唱甜美的豪迈。

从《小屋的回忆》中，我仿佛听见那些木板和柱子的诉说。它们似乎已能说能唱，能哭能闹。在国栋老师的心中，小屋如地盘业主神一样忠诚地守护着那些虽已过去却并不如烟的岁月，那里有他的痛、他的爱、他的向往和他的寄托。那里的亲情曾织就了令人难舍的温馨锦绣，那里的悲苦曾锻造出一种不屈的坚贞，老师走不出那爿小屋，却又不得不走出那爿小屋。"我感悟：人生总要前行，留下的是连续不断的深深足迹。当年走进小屋，那只是自己一度久违的家人团聚的温馨生活的起点；而后来离开小屋，方是人生精彩纷呈的新故事的开端。因此，对小屋最好的纪念，应当是依恋人间真情、眷顾人生'节点'、憧憬美好生活。"然而，至今，他也没有走出那爿小屋，因为，那是他魂牵梦绕的小屋。

他始终是一名教师，春风化雨，教书育人，退休后，更是竭尽教师之能事，一门心思地用春蚕之爱去成就孙儿的大厦。从对事物的观察到写作上的循循善诱,心之细,情之切,让我完全感受到了亲情殷殷流注的绵远与恒久。

在《多彩生活的再现 激情涌动的倾吐》中,他为孙儿叙写的文字是他与孙儿的对话,何尝又不是所有爷爷与孙儿的对话呢?那些锦语绣言正催生出一颗红上枝头的蓓蕾,幸福地成长在绿意盎然的寄托之中。

我也是当了十来年爷爷的人了,一直期望孙儿孙女能赓续我们勤苦的血脉,我唠叨着我们金色的苦难,不厌其烦地讲述着我们刻骨铭心的贫穷,希望他们能通过我们的讲述去续写拼搏奋进的壮丽人生,然而,我们总是在肯德基、麦当劳中败下阵来,再也难有耐心和激情去规整他们天花乱坠的童心和如歌岁月的熏陶。相较于老师,自愧弗如。方知要当好爷爷,岂止是一门学问?天伦之乐,岂止是欢歌笑语?

老师行游天下,寄情山水,书怀欢悦,总有老伴如影而随。在故乡的一朵梨花前,他俩可以深情凝眸;在九寨沟的一滴水中,他俩可以烂漫回望;即使在圣淘沙,他俩依然可以在万顷碧波前蹈一程人生华彩,歌一曲老伴锦瑟。人生苦短,老伴情长,慢慢地在万里风光中再度青春,也慢慢地在万卷书香中沉沉老去,无怨无悔,历久弥新。

老师的游记总是把当地的文化特别是民间文化触入其间,让景为文增色,也让文为景铸魂。在漫漫的旅行中,老师是登山便会情高于山,观海便会情溢于海,在人生的坐标中体悟自然的高下、旷达、深邃,把风光做成美食,把文化酿成美酒,让人觉得甘之如饴。

亲情体现一个人血脉的纯正,如山间清澈的一脉流水。友情却体现一个人秉性的高雅,如大地上的一个圣湖。

在友谊上，老师更是用真诚去滋润、去培植、去呵护。他视同学间的友谊如浩浩林海，从不缺席其间的清风叙语、百鸟和鸣。他视师生间的友谊如百草园，从不耽误其间的修枝护叶，共沐光华。即使是一种偶然中必然的工作交往，他都会收藏在记忆中。终有一天，这些记忆会如春天投向冰河的一块石头，敲碎季节的薄冰，让一河清丽又在活活的鲜洁中流淌起来。在他所有走过的地方，友谊的花絮总是迎风而舞，明媚鲜妍。

这一切，不知是否都源自阿坝高原一个叫金川的地方，那里的雄山大川本就有这样浓烈而厚实的秉性，那里的梨花、梨叶、梨果也本就有这样从不负季节的心境，抑或是万顷草原上白河边上临风的红柳，始终以高山流水的不屈站立成一种不死的灵魂。

于是我说：去细细地品读吧，读出一件中山装的周吴郑王，也读出一枚浅笑的深藏不露。

于是，我祝老师以文愉情，以文健身，文心雕龙。

2022年伏天于成都

（谷运龙，羌族。曾任中共阿坝州委副书记、阿坝藏族羌族自治州人大常委会主任。中国作家协会会员。自20世纪80年代开始文学创作，已出版散文集《谷运龙散文集》《平凡》《花开汶川》《岷江从我心里流过》《九寨天堂》，长篇小说《灿若桃花》《几世花红》等。先后获第三届全国少数民族优秀作品奖、《民族文学》山丹奖、四川文学奖、四川省少数民族文学创作优秀作品奖等奖项。）

夕照流金著文章

庆 九

1

应老师所托再次为其作品写序,不安多于荣幸。

基于老师多次谈及我十一年前为其自传体文集所作之序《璀璨的人生 永远的师魂》各种读者赞誉有加这一前置事实,我陡感压力山大。毕竟,人生海海,世事苍茫,自己何德何能可以承受老师的如此重托?况且,自律者大多"爱面子",对自己斤两的折损性掂量,绝不会为了某种人际虚荣而盲目自信,由此轻慢了关乎千古的文章之事。何况这一两年,自己也真是忙于政务,疏远了文坛和写作之事,思虑不周、笔力不济当是必然。于是,不自信的忐忑纠结,不将就的责任焦虑,着实"折磨"了我好些天。

于是乎,"絮言"在先,以便为自己"抹得开面儿"。

2

散文好写,但要写好却很难。

作为一种历史悠久、形式丰繁的直诉式文体,我以为,好的散文贵在"真、深、味"三字。真——真实的事件经历,也就是真实的个人思想、心灵历程和生命体验,以及真诚的写作态度,必须是作者生活状态与做人情怀的自然体现,切不可玩花哨、逐功利。深——深厚的内在意蕴、深切的情感体验,是涌动在散文中的血液和温度;深刻的思想感悟,则是散文让读者有所思、有所感、有所得的灵魂。味——具有明显作者辨识度的"味道",包括有意味的文本形式、有趣味的文字语言、有情味的语感表述等。

可堪佩服的是,在这个信息如影随形的"快餐"时代,年逾古稀的老师依然锦心绣口、文丰笔健,不仅在近些年的多方游走中笔耕不辍,潜心创作了颇具规模且不乏质量的游记散文,还在闲隙间梳理归集起几十年人生旅程中的各种文章篇什,分别结集成《山河卷帙》与《岁月回响》,用墨香氤氲的字纸,为我们呈现出激荡着文心、缱绻着诗情的散文书卷。

老师以教书育人成就了他精彩璀璨而极具尊严的前半生,又在简单的退休生活中醉心于游历,静心于感悟,掸尽俗尘浮华,终以文字作砖、文学为桥,继续架构形而上的生命意义。

3

与各类艺术家一样,但凡写作者,总是想表达自己对自然、社会和自我的认知、体验与感受。而这种表达,不外乎两个向度:向内的自我开掘,向外的世界探寻。

《岁月回响》通过二十多篇体裁不一的文章,捡拾起过去时光中的温情、温暖与温度,就像记忆的底片经过情感与回忆的漂洗,逐渐显影成的一帧帧生命的片段,辑录了穿越时光的秉心

"抒怀"与真情"讲述",组构出漫溯往事的坦诚"观点"与精要"序跋",连缀成老师几十年教书育人的人生光耀与生活华彩。无论记录扎根"草地的红柳"、讲述终生不悔的民师,还是盛赞舍己救人的青年,都承载着那一代高原师者关乎团结奋斗、务实奉献的崇高精神与理想信念;无论遥想土司官寨的历史风云、描绘汶马高速的天堑通途,还是铭记抗震救灾的人间大爱,都彰显着那一段峥嵘岁月关乎时代变迁、社会发展的文明进步与家国情怀;无论辨析通透的文论点评、声情并茂的家人书信,还是理据翔实的笔记序跋,都寄寓着这一位正意修身度人生、潜心笃志著文章的老人的人生智慧与生命温情。

如果以退休作为人生长旅的中间节点的话,对上半场的深情回望,就是《岁月回响》在时间流域里的精神回溯,就是老师生命历程中的无数断面连缀而成的人生纪实。这种带有一定纪实性特质的文字营构,亦如每一个历经人生沧桑的慧敏之人,面对"逝者如斯"的岁月之流,情不自禁做出的人生挽留,抑或是一曲此生不悔的生命颂歌。

《岁月回响》犹如一个时光收纳箱、一部往事放映机,借由整本书的收纳组版,珍存并讲述着老师几十年精彩而厚实的生命故事。

4

老师的文字平实。

这种平实,既源自其数十年语文教学和学校管理的严谨态度和务实理念,更源自其言必有物、文必有情的文学初心——写人、绘景、状物,清新明快、生动优美,使人有身临其境之感;

叙事、抒情、议论言简意赅、舒卷自如，给人以感同身受之悟。在《岁月回响》里，那些兼顾多种文体、敞开心扉、直抒胸臆的书信与随笔、通讯与杂论，虽有大致的分门别类，实则皆用以实写真的文法，以形散神聚的笔调，在凸现朴质庸常的生活本相中殊途同归，于彰显平实真诚的人生真谛上异曲同工。

面对当下眼花缭乱的散文风潮，老师没有随波逐流，更没有迎合媚俗，他始终围绕着自己和自己身边的故事，延续着传统散文的正经八脉。草地红柳那份超越平实的坚韧，汶马高速那种跨越天堑的通途，土司官寨那缕洞穿岁月的幽思，乡村民师那般青春无悔的豪情，都以自己切身感受为根基，以朴实无华的语言为载体，以真挚深切的情感为依托，娓娓道来，给人以畅叙家常般的自然、亲切。于是乎，寻常人生中的非常感悟、烟火人间的诗意光辉，便如把盏品茗、余味无穷。

作为一个学校的管理者，老师在以学高为师、身正为范的标杆示范赢得众口皆碑的盛赞之余，倡导向上向善的学风、师风和校风是其应尽之责。他善于发现校园生活中的点滴闪光，极具民族特色和地域风格的藏羌锅庄，圈舞踏歌中的活泼与欢乐；正值豆蔻华年的学生军训，举手投足间的英姿与朝气；在震惊中外的汶川大地震中，师生并肩携手抗震救灾的无数坚强与感动；疫情时代那些应和着祖国号召、表达着百姓感恩的"宅居"生活，都让读者或多或少地看见自己的人生"影子"，感受曾经的心路历程。

老师始终带着那份纯粹的敬畏之心写作，一如他退休之前所从事的春蚕蜡炬之事。他的作品看似平实简单而轻描淡写，实则具有某种大道若拙、大美如朴的力量，让观者悄然动容。他的作品之所以能够激发起读者的共情，则是因为其在文字里熔铸了自己对生活与这片大地最纯粹、最浓烈、最炙热的爱。

5

老师的文章深情。

在窘迫的生存压力下,于骨感的现实生活中,多少人匆忙地操劳应酬,缺少静心体悟;多少人急切地赶路行走,没有驻足回望,使本已十分平白的人生更加寡淡。但老师则不然,不为稻粱谋,不为名利累,不为人事苦,放慢生活的节奏,与云水相拥,与山河相依,与天地相伴,足之所至,心之所抒,以游历的形式实现灵魂的自我放逐,抵达心灵之于自然的守望或回归。

每一回外出他都全心投入、细心观察,即便是世人早已习以为常、谙熟于心的山水风光、人文胜迹,也总能激发他恍若初见的生命体验。每一次游历他都悉心感受、真心体会,不论田野林木与泉河湖海,还是寨楼城镇与风俗民情,他都揽于怀、纳于心。这种对生活的珍视与责任,理当收获无数学识之外欣悦的人生感悟。每一篇文章他都诚心创作、倾心表达,通篇洋溢着关乎热爱的创作激情,纵是四面八方、东西南北,绝无虚构,更无妄谈。这种对文学的敬畏与虔诚,必然助益于老师在游走的写作中完成有效的精神萃取。

由是,老师秉心为笔,以"抒怀""讲述""观点"和"序跋"的精心编排,激荡起他人生历程中穿越般的《岁月回响》,慢慢回溯时间长河、岁月点滴,有意于光阴的流逝里闪回摸不着的高光时刻,任读者珍存更多的人生故事,感悟更好的心灵体验。无论回到曾经教书育人的威州师范,那份久久缱绻的感怀,还是对承载着自己少年记忆与家人情感的小屋的默默追忆;无论为春蚕吐丝般奉献一切的民族教育工作者的诚挚颂赞,还是对平凡人间真善美的真切呼唤;无论为同僚著作写序的诚恳评说,还是对儿孙求学觅知、处事为人的悉心教诲,皆发乎于情、以情叙事,都感人于情、缘情成文。《小屋的回忆》《危难时刻铸师魂》和《给孙儿的一封信》等篇什,无不浸透了老师为人师、为人子和为人父的拳拳深情。

我相信,一个情感丰沛的人,在很大程度上会是一个良善之人。老师从内地到高原、从民师到"名师"的曲折经历,从偏僻农村的会计到中等师范的校长,从桃李遍天下的师者到学术成果丰硕的专家,亲情、爱情、师生情、家国情……情感,始终是其勃发生命活力、彰显进取精神的"核动力"。

于是乎,人事山水,花草风物,但凡入文,必是经由老师内化之后的外现,是被触发、被打动之后的真情表达,自然带有鲜明的个我印记,也就有了深厚的共情基础。无论怎样运笔如风、情潮如涌,万念皆能归于"我",统一在作者之所思所想、所悟所感。当然,这得益于情感沉淀与心智成熟,历经岁月,绵里藏针,得益于初心如昨和学识广博,刚柔相济,运筹帷幄。于是乎,画意满满的文章总是充盈着可感可触的情感温度。

6

"我们都是文学的追梦人!看世间风情万种,唯文字情有独钟。"

作为共同的文学追梦人,我相信,老师散文集的出版,不仅是对其上半生精彩与从容的继续,更是其下半生散发余热、老有所为的精神淬炼。

祝愿老师创作丰收，文学梦圆！

祝愿老师健康喜乐，如意安然！

（王庆九，笔名庆九，四川省作家协会会员、四川省美术家协会会员、四川省民族文化影像艺术协会会员、四川省文艺志愿者协会理事、四川九寨画院秘书长、阿坝州美术家协会副主席，现任阿坝州文联副主席。）

岁月回响　夕阳正红

万晓玲

人生是一本书，正如甘老师和他的散文集《岁月回响》。他精益求精、缜密认真，其于字里行间投入的真挚感情、理念及意境，贯穿了整部作品，让人不由自主沉浸于他鲜明的思想和文风里，并由此受到不同高度和深度的心灵震撼。

《岁月回响》一书编入了23篇文章，分设抒怀、讲述、观点、序跋四辑。

在第一辑"抒怀"中的《车行汶马高速》一文里，甘老师采用对比手法，从地理环境和历史的角度，介绍了民族地区在党和政府的大力支持下，公路交通所发生的天翻地覆的变化，叙写了年满七旬的自己两次驾车行驶在试通行的汶马高速上那种"新鲜、轻松、快捷、舒心"的美妙体验，分享了"天堑变通途""蜀道不再难"的美好感觉。

在《漫漫人生路　悠悠民师情》一文中，甘老师叙写了自己从一个默默坚守初心的民办教师，在面对"身份转正"时所历经的"期望、失望、守望"的心路历程，以及入学后两年中的学习生活这一段人生中最值得回味的宝贵经历。还以民族师范班同学们入学前在条件十分简陋、待遇非常微薄的情况下，默默无闻地执教于穷乡僻壤，把知识奉献给民族地区农民的后代；入校后勤奋学习专业知识、刻苦训练专业技能，毕业后一直以"滴水之恩，当涌泉相报"的古训激励鞭策自己，明志要感恩和奉献的典型事例，印证了也是民办教师出身、曾任国家教委副主任的邹时炎同志对中国民办教师做出的"没有他们（民办教师），就没有今天农村普及初等教育和扫盲的成果……这是历史事实，是中国教育史上可歌可泣的一个篇章"的评价绝对是中肯的！

在《周山土司官寨幽思》中，"每个人在漫长的岁月里，总会在某个时间节点，在某处及其周遭，眼见、经历、感受过令自己每当忆及，便不禁触发或欣然、或伤感、或向往、或回避、或警醒、或漠然等无尽的情思，虽时过境迁，却终生难忘！于我而言，金川县周山土司官寨就是这样的一个地方"的一长段文字，值得读者认真品味、思考；而其结尾所言及的"但凡人生，总是悲喜交织、得失相间。人来到这个世界，等待你的并非总是鲜花和坦途，承受苦难和挫折也是必修的内容。故而，怡然与感伤，实乃人之常情。囿于'情随事迁'，回味往事，迎来的未必都是雨露阳光；其间虽有愉悦、欢快，但也难免夹杂些许伤感、惆怅。面临后者，善为人者，应当理性应对，清'火'减'压'，自我'疗伤'，善于'释放'，静心顺气，大度开朗"的真切感悟，则予人以深刻的启示！

在《再回威师感怀》中，甘老师则以文字的方式让精神放松，让自己的心绪从在此工作生活了不平凡的15年的漫漫岁月后平静下来，静到能够听得到内心的声音，因为它可以遮盖这尘世的污泥浊水，把一份宁静和一份思考，深藏在思绪的最深处慢慢咀嚼、细细品味。

在第二辑中，作者以通讯、解说词、纪实等体裁，讲述了由或小至个人或大至社会群体所生发、演绎出来的精彩故事和重大事件,反映了新一代年轻人飒爽英姿的身影及其展示出来的新风尚,再现了当年"灾难无情人有情"、众志成城抗地震的难以忘怀的场景,令读者感慨万分、荡气回肠!

"观点"一辑中编入的《一曲奉献精神的赞歌》《时代呼唤真善美》《愿"热土"花团锦簇》《致孙儿的一封信》等篇章,或讴歌了为民族地区教育发展尽心竭力的人民教师,或传递出社会和人民对"真善美"的深情呼唤,或表达出希望年轻的中师学生勤奋学习、苦练本领以报答社会的真诚心愿,或表现出自己对孙子茁壮成长、成人成才的殷切期盼,无不充满了满满的正能量!同时,我们既可以从字里行间感受到甘老师为社会叙写、为人民抒怀的浓浓家国情怀,也可从中望见甘老师朝着文学的山峰一路跋涉攀登,激发创作灵感,点燃创作豪情,不懈辛勤耕耘,催生一篇篇讴歌党、讴歌祖国、讴歌人民、讴歌英雄和新时代的好文章的身影!

第四辑"序跋"中,《〈阿坝师训〉创刊词》《〈威州师范的创立和发展〉(校史)后记》等篇章,则或呈现出民族地区教师继续教育的一个"缩影",或记录了阿坝州民族教育的发展历程,或介绍了四川省中师学校一位同事在教育、教学和教改领域的执着追求,还在为自己外孙子《小学作文集》所写"序言"中,分享了一位老教育工作者的教学理念,记录下了自己辅导小学生作文的方式、方法和步骤,具有学习、借鉴和探讨的价值。

综观编入《岁月回响》的篇篇文章,无不源于社会生活,反映社会生活,也折射出作者不懈追求、执着进取的人生轨迹;从那些散发出友爱、博爱、亲情、友情的文字里,我看到的是一位懂得感恩、懂得回报的老共产党员的感人形象。

都说"忠厚传家远,诗书继世长",一个人最宝贵的品质是什么？一个人最想得到的是什么？当阅读了《岁月回响》这本散文集后，就可以找到答案。

甘老师在《小屋的回忆》中，就曾满怀深情地写道：那是一间团聚的小屋，那是一间温馨的小屋，那是一间难舍的小屋。那是他们家人团聚的小屋，是给了他欢乐的小屋，是他人生中一处颇有纪念意义的驿站！甘老师的父母亲从小就教育他要热爱祖国、刻苦学习；在老家生活的经历，令他养成了吃苦耐劳的品格，这为他后来发奋读书、追求进步奠定了实践基础；儿时同父亲、母亲聚少离多，与同龄人相比要成熟得多……这些品质在甘老师身上打下了深深的烙印，使其最终成为一个优秀的知识分子。

借此言及的是，我们夫妇有缘与甘老师夫妇及其兄弟崔乾志交往了几十年，对他们一家有深入的了解：他们的家庭团结和睦，家教严明。其四个儿女敬业爱岗，事业有成，有的还走上了领导岗位；他们的孙辈学习勤奋，成绩优异，除最小的外孙女和孙子正读高三、小学六年级之外，大孙女已硕士研究生毕业，二孙女、三孙女、外孙子分别考入西南财经大学（已获保研资格）、南京理工大学、中央民族大学攻读本科学业。甘老师在岗时于教书育人、教学研究和学校管理中成绩突出；夫妇俩相继退休后，长期照管孙子"入园"上学；在不懈追求"文学梦"的同时，甘老师还积极参与社会活动——曾率队开展了"阿坝州学前教育调研"、应聘为"天地映秀培训中心"授课等社会活动，并于2021年6月被中共四川省老科协功能型委员会、四川省老科学技术工作者协会授予"四川省优秀共产党员老科技工作者"光荣称号。

甘老师温文尔雅，不急不争，对人恭谦有礼，笑容满面，少见的好脾气，始终在不断地行走和写作中成就着自己的文学梦想，取得了令人瞩目的成绩。他曾在《我赞美草地的红柳》中满怀深情地写道："我赞美、讴歌红柳，就是因为红柳是教师敬业和成就的见证者，就是因为红柳与教师惊人地相似——性格同样坚强，神采同样动人，品质同样高尚！工作在雪域高原草地的人民教师，就是根深叶茂的红柳！"这优雅而唯美的文字，散发着悠悠岁月的深情，甘老师正是在具备了深厚的生活积累和沉淀后，才写出了《岁月回响》这部呕心沥血之作。

文学作品来源于生活，又高于生活，是社会生活的高度凝练。春的生发，夏的繁荫，秋的果香，把更多东西沉淀于寒冬，用文字的方式带给人们。在夕阳西下的夜里发现更好的自己，增长一份睿智，也让自己拥有一双看通世事的慧眼。应该说，《岁月回响》是一部充满正能量、让人看后心潮澎湃的作品，甘老师通过一篇篇文章塑造的具体形象所传递的思想，定会反映和影响社会生活，呈现出作品对社会生活的意义与社会价值，这也正是文学作品最重要的作用之一。

在这个温暖友爱的文学大家庭里，甘老师结识了五湖四海的少数民族兄弟姐妹，建立了深厚的友谊。在如泉如涌的笔端，在朝着文学山峰跋涉的路上，他始终不忘初心使命，勤于笔耕创作，努力为时代、为人民奉献精品佳作。岁月回响，最美夕阳红。温馨的脚步，温馨的时光，留下难忘的回忆。如果说童年是梦、青年是歌，那么甘老师的晚年本身就是一部小说……

让我们背上文字的行囊走向诗和远方，一起耕耘，一起收获，一起关注，一起分享，守望岁月回响的一片绿洲，微笑着面对未来。

（万晓玲，笔名米青青。四川省作家协会会员、四川省杂文学会副秘书长兼文友部部长，四川省嫘祖文化促进会副会长，《西部故人来》主编。）

目　录
CONTENTS

第一辑　抒怀

我赞美草地的红柳	002
车行汶马高速	007
周山土司官寨幽思	012
再回威师感怀	017
小屋的回忆	021
漫漫人生路　悠悠民师情	027
金川新扎沟口印象	037

第二辑　讲述

危急时刻见精神	058
阿坝锅庄倾倒中外游客	060
火红的青春在锤炼中闪光	062
危难时刻铸师魂	069

在宅家防控的日子里　　　　　　　　　　　　078
在封控家中的日子里　　　　　　　　　　　　089

第三辑　观点

壮哉，教育战线的奉献者　　　　　　　　　　098
愿"热土"花团锦簇　　　　　　　　　　　　101
一曲奉献精神的赞歌　　　　　　　　　　　　104
时代呼唤真善美　　　　　　　　　　　　　　107
愿尊师的优良传统发扬光大　　　　　　　　　109
致孙儿的一封信　　　　　　　　　　　　　　113

第四辑　序跋

《阿坝师训》创刊词　　　　　　　　　　　　124
《威州师范的创立和发展》（校史）后记　　　127
执着的求索　不懈的进取　　　　　　　　　　130
多彩生活的再现　激情涌动的倾吐　　　　　　138

后　记　　　　　　　　　　　　　　　　　149

岁 月 回 响

第一辑

抒 怀

我赞美草地的红柳

1986年5月下旬,我陪同中央讲师团到马尔康师范学校支教的张可成等三位老师,到地处草地的红原县看望实习学生并考察民族教育工作。一路上,第一次进入草地的我,一边默念着"天苍苍,野茫茫,风吹草低见牛羊"的诗句,一边驰骋想象,极力在脑海里描摹着令人心驰神往的大草原的美丽画卷。

一过查真梁子,就进入草地的腹地了。当想象猛地变成现实之际,我不禁忘情地观赏这映入眼帘的广袤草原的一切:极目远眺,苍翠的群山与蓝天相接,那像颗颗墨绿色的宝石镶嵌在山峰上的森林,以及那偶尔露出的在骄阳下熠熠闪光的雪峰,不断扑入视野,令人目不暇接;车窗外,一群群牛羊珍珠般撒在海洋一样的草原上,牧人骑着骏马,晃动着缰绳,驰骋在一望无际的草地上;不远处,冒着袅袅炊烟的一顶顶黑色的帐篷边拴着一群牦牛,身穿羊皮袍子、露出右边臂膀的藏族女牧民,正忙碌地挤着牛奶,其身旁,男女儿童在嬉戏玩耍;那点缀在绿茵茵的草原上的无数的紫色、白色、红色的小花,藏民纵马奔驰留下的缕缕尘烟,那弯弯曲曲缓缓流淌的河水……目光所及的这些景物,绘成一幅美不胜收的画卷,让人大饱眼福、难以忘怀!

那之后，我曾多次行经草地，其春天万物复苏、夏天绿草遍野、秋天牛羊肥壮、冬天冰雪茫茫的靓丽景观，以及改革开放以来雪域草原发生的翻天覆地的变化，无不让人印象深刻、情趣盎然！

2019年10月8日，受阿坝州教育局委托，我率阿坝州"老科协"组织，由本人和陈明锐、李兴智等三位退休（离岗）教师组成的"阿坝州学前教育专题调研组"，到红原县开展调研工作。当天风和日丽，当行车至龙日坝时，被美丽壮观的草地风光深深吸引的我，耐不住心头的冲动，下车迈入路边草坪，"老夫聊发少年狂"般躺在如茵的草地上，身压着柔软的绿草，仰望着蔚蓝的天空，呼吸着清新的空气，感知着周遭的宁静，品味着沁人心脾的淡雅的芬芳，体验着零距离亲近大自然的温馨，享受着草地特有的泥土的清香疏散在每条神经中的惬意……那美妙的感觉令人心旷神怡、如痴如醉！

可以说：我几十年来始终由衷地赞美草地的奇景，深沉地依恋草地的秀色！不过，我也要说：行经草地真正使我经久难忘，至今潜生着炽热的爱的，还是那总会不时自车窗一闪而过，遍布于雪域高原草地每个角落的极其平凡的多年生木本植物红柳——它们生于高寒、沙质的土壤上，高不过2米左右，根系却四通八达；它们不惧风卷沙掩，不畏干旱水湿，不怕冰雪严寒，生命力十分顽强，为大草原增添了勃勃生气；它们总是丛丛相连、结伴而生，以枝条筑起一道道抵御风雪黄沙的"墙壁"……

我长期工作于被誉为阿坝州"培养师资的摇篮"的马尔康民族师范学校和威州民族师范学校，故而，每次见到可爱的红柳，总会油然而生爱慕与赞美之情，并自然联想到那一代又一代扎根草地教书育人的人类灵魂工程师——老师们！

我赞美红柳,是因为它与战斗在草地教育战线的教师有着深厚的感情。草地的学校,教室前,操场边,总是栽种着红柳。新教师来了,它们点头欢迎;老教师走了,它们摇手惜别。草地新绿,它扭动袅娜的身躯加入教师野餐的行列;炎炎夏日,它舒展枝叶为教师遮住骄阳;数九寒冬,它挺身而出为教师遮蔽寒风……一批批学生毕业了,一张张熟悉的面孔消失了,只有红柳,仍忠贞地将教师们陪伴。

我赞美红柳,也因为它的风貌就是教师的仪容。红柳树皮粗糙,枝干硬朗坚韧,相貌平淡无奇,没有伟岸的躯干,不结香甜的果实,更不具备赏心悦目的身姿。但它的枝条十分坚韧,风折不断,雪压不弯,总是向着太阳顽强地生长。乍暖还寒的春天,它却早已红着脸站在河岸边、山坡上,不时摇着身子,迎着春风,呼唤着勃发的生命,伸出枣红的手臂,深情地抚摸觅食的牛羊;骄阳似火的夏天,它总会满头绿丝,一身新装,不声不响地装点大地;秋风萧瑟的季节,它会把一捧绿叶含情脉脉地献给大地,向母亲述说生活的艰辛,并抖落下粒粒种子,让它们在贫瘠的沙土中孕育、生长;寒风凛冽的冬天,它会袒胸露臂,似铮铮铁骨般笑对狂风大雪,挺身而出护卫着一座座校园。这,正是多年来我在草地所接触到的那些日复一日、年复一年,让灯光陪伴送走一个个不眠之夜、被朝霞唤醒迎来希望之晨的众多教师的真实写照!

我赞美红柳,还因为它的品质就是教师的心灵铸成。你看,平原的河岸旁边,留不住它的倩影,都市的花前月下,找不到它的身影。可是,在当年红军长征留下深深足迹的草地的小溪畔、道路旁、房舍边、草丛间,它却扎下了根须,枝枝依偎,叶叶相交,一簇簇,一片片。这,与那些当年不谈享受,不讲条件,毅然别故土、辞亲人,自愿来到风雪高原,并与本地教师精诚团结,用高尚的道德情操启迪牧童纯真的心灵,用满腔热情旋起少年的欢歌笑语的草地里的教师们,又何其相似!

我赞美红柳,更因为它的风格就是教师的精神。红柳对生存从未有过什么苛求,随意折上一枝,插入大地温暖的怀抱,就能扎下根,吐新芽。谈到价值,它既不能与可做栋梁的杉树、松柏相比,也不能同可供观赏的垂柳齐名。但是,如若讲到奉献,它就是无私付出、不思索取的典范:它不图华丽富贵,不媚游人取宠;它不与其他树种争抢肥沃之土,只是默默而倔强地扎根于沙土之中;它从不吝惜自身,截枝可织篓编筐,燃烧能发热发光⋯⋯其实,常年工作在草原的教师们也是如此:他们一如既往地坚守高原,教书育人,吃苦耐劳,无私奉献——

当年,没有电灯,他们点亮蜡烛备课;没有柴火,他们燃烧牛粪做饭;没有蔬菜,他们喝一杯奶茶;嘴唇干裂,他们喝口水润润嗓子又精神抖擞地讲课;手冻僵了,搓几下再板书;文化生活缺乏,就把纯真的爱倾注在孩子们身上。从内地进州、毕业于马师校民师班的红原县瓦切牧场学校女教师王国英,身患绝症,仍然一心扑在心爱的工作上,使她所教班级在统考中成绩名列前茅。当生命垂危之际,她仍念念不忘工作:"我那个班的教学工作要抓紧啊,千万别耽误了孩子们!"她奉献的是青春和心血,得到的只不过是孩子们成才后发自肺腑的欣慰和喜悦!

如今,在党的民族政策的光辉照耀下,在改革开放的大潮中,草地的教育事业有了前所未有的大发展:中小学和幼儿园校舍拔地而起,教师工作和生活条件大为改善,牧民送子女入园、上学的积极性空前高涨,教师们更是以敬业爱岗、无私奉献为荣光,以为孩子们立德成才、当地经济社会持续发展尽心竭力而自豪！出生于阿坝州"江南"金川县、1982年毕业于威州师范的李兴智老师扎根红原县教育战线数十年。其间，先后在草地偏远的色地乡小学、安曲牧场小学教数学、任校长，备尝艰辛；调到县教育局后，长期在电教站、教育股长岗位上勤奋工作，因成绩显著，先后多次受到省、州表彰奖励，并因在"两基（普九、扫盲）攻坚"中成绩突出，于2012年9月被国务院、省委省政府分别授予"'两基'工作先进个人"光荣称号，并荣获国家于新中国成立70周年之际颁发的"庆祝中华人民共和国成立70周年纪念章"。他本于2018年因高血压、高血糖等疾病退休后到平原居住，但领受调研任务后，又毅然重返海拔3500多米的红原县，连续三天奔波于城镇、乡村的幼儿园，听汇报、查资料，深入评课、参加座谈，无私地为推动雪山草地学前教育的发展建言献策、发热发光。

——这一批又一批教师身上彰显出来的，不正是令人赞美的红柳精神吗?！

由此，我深切地感悟：红柳，教师的精灵！我赞美、讴歌红柳，就是因为红柳是教师敬业和成就的见证者，就是因为红柳与教师惊人地相似——性格同样坚强，神采同样动人，品质同样高尚！工作在雪域高原草地的人民教师，就是根深叶茂的红柳！

（刊载于2021年《阿坝文艺》春季刊）

第一辑 抒怀

车行汶马高速

2019年5月23日至27日五天的时光均在驾车、办事中度过,难免辛苦。但仅是亲自驾车驶过汶马高速正式试运行的105公里(23日驶过古尔沟至薛城40公里、桃坪至汶川17公里;27日驶过尽头寨至马尔康东48公里),亲自体验修建于干旱峡谷的理县段和梭磨河大峡谷的马尔康段的难忘感受,就让自己兴奋、感慨不已!

我经由成阿公路第一次进阿坝州,还是在读初中的1960年暑假。其间,因不知高原气候变化多端还穿着衬衣固然与年幼无知有关,而乘坐在马尔康森工局的大货车上经过自灌县起海拔便不断上升,沿途弯多、坡陡、路窄,最终还要翻过白雪皑皑的鹧鸪山,行经河水奔腾、气势撼人心魄的梭磨河大峡谷,方抵达马尔康的那段难忘经历,则至今记忆犹新。

以后,汶马路历经多年的去弯取直、新建隧道、临河架设桥梁以增大宽度、铺设柏油等多方改造,路况虽有改善,行车较为方便,但"行汶马路难"的基本状况,则没有根本改变。

国家加大对民族地区交通建设的投入、毅然决定修建汶马高速的重大举措,方一举彻底改善了这条堪称阿坝州交通大动脉的路况,为地处"老少边穷"地区的阿坝州"奔小康"创造了条件!

据资料显示:汶马高速是国家高速公路网上海至成都高速公路成都到昌都联络线(G4217)中的重要路段。项目起于映汶高速公路止点,与G317平行布线,经桃坪、理县、古尔沟、米亚罗,穿越鹧鸪山后沿梭磨河下行,止于马尔康市卓克基,全长172公里,总投资287亿元。其穿越三大地震断裂带,海拔高差近1905米,桥梁和隧道占比超过86.5%,被誉为我省第一条"天路"。

自2015年开建至2018年底,全路土建工程总体完成超过60%。除全线控制性工程狮子坪隧道因地质条件特别复杂而改原两个6公里短隧道为一个13公里的超长隧道正奋力掘进、桃坪到薛城段的西山村因2017年高位滑坡不得不改线将原部分桥梁改为隧道以确保安全正紧张施工之外,汶马高速已建成100公里以上,并于2019年5月17日零时起实行分段试通行(但由于鹧鸪山隧道左线平导仍在施工,为确保安全,米亚罗尽头寨至马尔康东方向车辆实行单向通行)。

23日,我驾车自古尔沟小学经匝道进入汶马高速。100公里的限速,足够让自己驾驶的"朗逸"车澎湃着马力感受到下坡呼啸前行的那种快感!

彼时彼刻,放眼前方,但见顺着杂谷脑河延伸的宽阔、平整的高速公路,时而驶入隧道,时而覆盖河谷,气势磅礴,宏伟无比!道路两侧,宽大的标志牌耸立,字迹清楚醒目;隧道宽敞,其高度、宽度和光亮度明显超过都汶路——洞顶的灯光明亮,加之车灯映照,远近的路面清晰可见;间隔即有的洞顶至隧洞两侧护坡的圆形光带,清楚地勾勒出隧道的空间,给人以明了清楚之感，十分有助于长时间在灯光下行车者准确判断位置、角度；洞底两侧护坎处的标志灯光左黄右白，十分醒目，"透视感"极强。驶出隧道，但见狭窄处公路与两岸半山腰平行，那茂盛的林木、半坡的民居，从车窗前一闪即过，顿生恍若飘浮半空的感觉；昔日奔腾而下的杂谷脑河，已经不见踪影；那难得一见的宽敞处，因地处低矮只见屋顶的那一个个熟悉的小镇、村庄一闪即过；偶见大型车辆在317线上行驶，但因"高速"与低速形成的巨大反差，感觉其竟似蜗牛般爬行；依山傍水而建的古尔沟、毕棚沟、理县城、薛城、桃关、凤坪坝等收费站的下线立交桥，宛如花朵绽放于河谷之间，造型别致、宏伟壮观；每一个收费站造型各异，但都尽显藏羌民族特色，势必得到众多游客的青睐；放眼远望，一座座巍峨雪峰与蓝天相接，朵朵白云与雪峰相拥，缕缕云雾与群山相依，加之车在半空走、云在天上飘、河在地面流，恍若身处仙境！

理县高山峡谷地区极其复杂的地形、极其复杂的地质本是修建汶马高速的拦路虎，但经科研人员努力"攻关"和工程技术人员不懈努力，如今高速沿线的桥梁和隧外道路的峡谷陡壁之上，都架设起牢固的防护栏网以防飞石"从天而降"；易发泥石流的地段，修建了坚固的溢洪道，严重损毁路段的情况应该得以避免；线路选择时，已经避开了类似"维关"等"久治不愈"的大滑坡，加之一路隧道居多，故过往沿途因自然灾害多发造成事故不断、出行人大多"赌一把""乘船骑马三分运"，以及317线这条交通大动脉动辄因"天有不测风云"而断绝交通等状况，也将由此一去不复返，"安全第一"的目标可以实现。

27日，我又自317线鹧鸪山隧道东洞口3公里的尽头寨驾车回马尔康。进收费站下行100多米再掉头，小车便穿行在连绵不断且遮天蔽日的森林之中。可见右侧的杂谷脑河水流清清,翻卷着浪花哗哗流淌;葱郁的杉树林漫山遍野,绿意浓浓;远眺,老成阿路必经的海拔标高4000米的鹧鸪山顶依然是白雪皑皑、云雾缭绕,让人不禁忆起昔日很多次沿着弯弯曲曲且狭窄坡陡的盘山公路,艰难行经彼处时经历过的那些艰险与寒冷。

小车随即进入长达8.7公里的鹧鸪山隧道,成上坡状行驶。眼前的隧道,较之山脚坝老隧道感觉宽敞了许多,80公里的限速令行走更加松弛顺畅;行车至中部,则见长几百米的隧道两侧的洞壁上竟然彩绘着具有浓郁嘉绒藏族风情的壁画,堪为"文化长廊",绝对会令驾车奔跑于高海拔的疲劳的行路人顿觉温馨怡然、精神清爽——这颇具人性化的设计,值得点赞!随之,隧道便顺着下坡延伸。刚出洞口,十分熟悉的王家寨两侧山坡和沟对面山上的大片青冈林便映入眼帘;自沟口大桥跨过梭磨河,高速公路难得地在因低矮的山峰、宽敞的河坝形成的较为平坦的梭磨河谷前行,让久行隧道的人们心境豁然开朗,而眼前蜿蜒延伸的高速公路则极似一条白色的哈达舒展、飘飞,令人赏心悦目;眼见蓝天白云之下的两岸藏式民居炊烟缭绕、梯地层层叠叠,植被青翠的山坡、葱绿茂盛的庄稼、悠闲地啃食青草的牛群羊群,以及辛勤劳作的藏民的身影随处可见,呈现出一派祥和、幸福的景象;随即自己曾亲临过的青山绿水的砍竹沟,民风鲜明的小古尔沟,石碉高耸的梭磨土司官寨,建设汶马高速几年中又兴旺、热闹了不少的梭磨镇从车窗次第闪过……令人顿生亲切、愉悦之感!

随后,小车长时间行驶在全路隧道宽敞度、灯光、标识牌、路面等标准统一的毛木初、砍羊沟、扑鸭足隧道群里。待到眼前一亮、车出隧道之时,小车转瞬即跨过了十分熟悉且沿途桥墩最高、跨度最大的"一桥飞架两山间"的双洞桥大桥,随即钻进卓克基隧道。

接着，小车行驶在原公安校对岸的依山车道上，转过核桃沟对面的山嘴，便到达汶马高速公路的终点——马尔康东站。

我们缓缓下行，车过红星桥，行进在317国道线上，并平安结束了此行。

回顾两次驾车行驶在汶马高速的经历，可谓"新鲜、轻松、快捷、舒心"。而我和乾香能够于退休后自己驾车，于2011年首次在都汶高速上行车，年满七旬时又自己驾车在刚于5月17日正式试通车的汶马高速上行车，且亲身体验到"天堑变通途""蜀道不再难"的美妙感觉，真乃幸哉、快哉！

（刊载于2019年《阿坝文艺》秋季刊）

周山土司官寨幽思

人生路漫漫，岁月长悠悠。

每个人在漫长的岁月里，总会在某个时间节点，在某处及其周遭，眼见、经历、感受过令自己每当忆及，便不禁触发或欣然、或伤感、或向往、或回避、或警醒、或漠然等无尽的情思，虽时过境迁，却终生难忘！于我而言，金川县周山土司官寨就是这样的一个地方。

资料显示："周山"，嘉绒语意为"六角碉"。周山土司官寨，位于自刷（经寺）丹（巴）公路通向卡拉足沟内的公路右边，是新中国成立前经日旁梁子来往金川县城方向的必经之地。其全称为"周山朱姆宫"，意为六角母龙官寨，属今集沐乡周山村，占地4227平方米，现仅余经堂，以及那座建于周山官寨北园的"建筑精湛，为六角碉楼代表性作品"的木石结构，外呈六角锥体，内呈圆锥体，共13层，通高39米的六角石碉楼。

当时光上溯到1975年暑假，同任民办教师的我和兄弟乾志，就曾与这座周山土司官寨有过一次"不期而遇"——

早就听说离家12公里的周山沟内的小河里有味美的冷水鱼（裸鲤），我们便于上午骑着自行车，带着借来的一副"扣网"前去一试。

一到周山,便沿着大金森工局修建的至卡拉足的林区公路上行。进沟不久,周山土司官寨便映入眼帘——一座六角碉楼拔地而起,直刺苍穹;周围一座座以石头砌成的二至三层的藏式民居,"众星捧月"般围着六角碉依山势分布,特色鲜明。房舍周围,梨树、花椒树、白杨树和苍翠的竹林掩映,乌鸦、喜鹊在村子上空盘旋、鸣叫,一派生机勃勃的景象。

继续前行,是当年森工局流送砍伐原木的一座拦水挡木的旧水闸,其拦蓄的河水宛若小湖泊,水色湛蓝,平静如镜,还不时有鱼儿蹦出水面。于是我们挽起裤腿,趁着艳阳高照的好天气,下到刺骨的水中"作业"。

按照分工,由有打鱼经历的兄弟撒网。只见他左手抓住网纲、拉紧网尾,右手挽住宽大网口的一角,弯下腰身,使足劲头,呈顺时针方向朝上方撒开渔网,使其在铅坠的重力下,齐刷刷地成圆形"扣"向水面——顿时水花飞溅。少顷,网内即溅起水珠,继而有鱼跃出水面。乾志赶紧小心翼翼地慢收渔网,及至慢提渔网、收紧网口后即迅速提出水面,放到岸边收捡"战利品"。我赶紧取来水桶,将鱼儿从网兜里抓出来放在其中——虽然都是不大的冷水鱼,但一网竟然有 20 多条,堪称开了个好头。之后,又改换位置,接连下了两网,仍是"出手不空"。至上游流水平缓处下网,也是"网网见鱼"……直至太阳偏西,"见好就收"的我们,才满怀喜悦原路返家。

虽当时未及趋前仔细观赏土司官寨,但每每忆及当时在那里捕鱼之情趣和收获之满满,总会让人兴致盎然、心旷神怡!

光阴荏苒,岁月不居。当 40 多年的时光似弹指一挥间逝去,2017 年清明节假期,为观赏已近"尾声"的金川梨花景观,我和乾香搭乘儿子驾驶的小车，又与云翠、元琦一道，经双江口电站桥隧相连的绕坝路下行，自新建于根扎村处的大桥跨过大金川江，"如约而至"周山土司官寨一游——

小车在一段坡陡、路窄、弯急的公路上爬行，直到跨过小河停稳车后，我们走下车来，站在公路边上远眺，得以将土司官寨尽收眼底：今日的土司官寨早已没有了原来的气势，除了那高高耸立也更为老旧的六角古碉还在孤单单地向世人述说着历史上这里曾有过的权力象征之外，就仅留下那间供土司及家人转经的老经堂还依然被人们虔诚地膜拜；昔日依山而建的石头砌墙的房屋，大多拆建、新修，"容颜"鲜艳醒目；当年我们打鱼的水闸已随着森工的转产不见了踪影，其下方新建的一座水电站正源源不断地输送出电流，造福民众；过往民居的周边依旧，但耕地面积似有所缩减，春播早已完成，其上覆盖的地膜在阳光下分外耀眼；土地边角地带栽种着梨树、樱桃树、花椒树，以及树冠高大的核桃树……在金川县新扎沟口以下"千树万树梨花开"的胜景已近尾声之时，此地因"温差"而延迟绽放的梨花虽略显稀疏，但在绿叶映衬下，依然白得那么晶莹、水灵、纯洁和耀眼，格外赏心悦目、惹人怜爱……我和康平翻过石坎，在地边几株别有韵致的梨花前观赏，还回到公路边合影，以留下"今日周山官寨"的珍贵镜头。

之后，随着正凝神仰望左侧峭壁的康平一句"那不就是沙尔木水渠吗"的惊叹，我们萌生了进沟内一睹渠首的强烈冲动。

与我当农民时同属庆宁公社（乡）五大队（新沙村）的沙尔木生产队，绝大多数村民都住在半山腰形如"草帽"的山包周围。那里纯属"靠天吃饭"，人畜饮水除各户下雨时搜集、储存一些外，全要到大金川江边取水并靠人（或牛）以木桶背（或牛驼）回。为此，在"大寨精神"的感召下，在沙尔、庆宁两个公社开工同修"团结渠"的鼓舞下，决定统筹一个大队之力，开建流经土司官寨对面陡峭山崖的沙尔木水渠。我那年过五旬的老父，亦被派来修建过这条水渠。

进沟约7公里，我们便下车到小河边的渠首踏勘：这里山势渐趋平坦，过往的渠首如今已被混凝土堤坝所取代——它能更有效地截断小河、分配水流。为防止山上落石掩埋沟渠，一些渠段已改为水泥衬沟，以水泥板为盖。

向沟口方向远望，则两山猛然收窄，山势陡峭……如此险峻的地形地貌，令我脑海里顿时幻化出一幅当年被派到这里劳作的社员们在官寨对面山崖施工现场艰苦劳动的情景——

清晨，一群穿着羊皮褂子或补丁衣裤的男性社员，就肩扛钢钎、十字镐、大锤，背着炸药、水泥、砂石，弓着腰，拉着荆棘，汗流浃背地攀爬到高坡的工地，凭借固定在坡上的荆棘或凸出的岩石上的很细的绳子权作保险绳，在陡峭的山岩上掘边坡、打炮眼、撬岩石、炸沟面、掏渠沟。起风了，沙尘迷蒙住眼帘；骄阳下，汗水串串洒落；暴雨中，借着岩石遮蔽；渴了，喝一口带上山的瓶子里（我还专门为父亲找了一个军用水壶，据说那就是其伙伴们中的"高档装备"了）灌装的冷水润润喉咙；饿了，啃吃随身带上山的冷了就不易啃动和咀嚼的玉米馍馍充饥……直到太阳西下，才拖着疲惫的身子，"满面尘土烟灰色"般回到在周山粮站借住的房子里，草草吃罢晚饭，就躺在简陋的床上休息。这样的劳作持续了数年，修渠人不仅每天都需付出身心、体力的代价，还时刻面临生死的严峻考验——其间有三位社员就不幸付出了宝贵的生命，令人扼腕。

当时，每隔十天才能休息一天的父亲，也只有回到远在12

公里外的家里，才能见到心爱的孙子，也才会由母亲和乾香煮点好吃的改善一下生活。好在，在漫长的修沟的岁月里，他结交了周山粮站的唐正忠这样一位很要好的朋友，才不时有了个"走动""交流"的去处……

忆及此，一种深沉的慨叹、莫名的纠结油然而生！

思绪回到现实，我们三人默默地坐在缓缓下行的小车上，巡看那条似腰带般依山势蜿蜒延伸的水渠，见识其地势的陡峭与险峻，想象其工程的浩大与艰难，赞叹其修建者惊人的毅力和付出的代价，纪念其修建者的不朽功劳，也聊以表达对同为"修渠人"的敬爱的父亲的深切怀念！

及至返抵官寨前的公路边，我们又下车，回首凝视那座高耸于土司官寨数百年、曾守望见证过那批不畏艰险忘我劳动的修渠人的付出与功绩的巍峨石碉楼，深情仰望那条流经官寨对面山腰直至大金川江畔山崖视线尽头的水渠，此前为先辈历经艰辛而萌生的纠结，逐渐被心中涌动的"正是这水渠为居住于沙尔木的几十户人家送去了'生命之水、幸福之水'"的无比欣慰所化解！于是，感到释怀的我们，启程返回马尔康。

由此，我深切地感悟到：但凡人生，总是悲喜交织、得失相间。人来到这个世界，等待你的并非总是鲜花和坦途，承受苦难和挫折也是必修的内容。故而，怡然与感伤，实乃人之常情。囿于"情随事迁"，回味往事，迎来的未必都是雨露阳光；其间虽有愉悦、欢快，但也难免夹杂些许伤感、惆怅。面临后者，善为人者，应当理性应对，清"火"减"压"，自我"疗伤"，善于"释放"，静心顺气，大度开朗！

（刊载于2021年《草地》第5期）

第一辑 抒怀

再回威师感怀

2019年3月7日，我应约前往威师校，向顺定强校长专题汇报自2016年领命开始撰写的《威师校志（1991—2019）》的进展情况以及年内"编辑完成"所须解决的一些问题。其间，我曾在崔仁益老师的陪同下，行经"5·12"汶川大地震后改造一新的南沟，并徜徉于威师校园。

这是我自2009年5月12日按县上要求自江油师范回家清理搬走住房内家具后，近10年来第一次回到威师校园。行走在熟悉而又略显生疏的小道上，眼见结构依旧但"容颜"、功能有变的建筑以及那一株株云杉、翠柳、龙爪槐和杨槐树，过往在这里与全校师生员工同甘共苦经历的"实施《教学方案》""办学条件'标准化'建设""小教专科办学水平评估""'5·12'汶川特大地震"等威师发展历程中的重要节点，以及这期间曾发生过的令人终身难忘的记录着成功的喜悦、不倦的求索、接踵的困难、执着的进取等件件往事，顿时浮现脑际，万千的思绪一齐涌上心头。而横跨南沟小桥进入老校区，经校园出校门口，沿途近观、远眺所见，则印象十分深刻：

现在校区内的经彻底整治的南沟，水流收束，道路拓宽；人行道边建有"姜维亭""云长亭""张飞亭"等古色古香的亭阁，附小保坎和威师一侧围墙上"贴上"了反映三国故事（如"张松献地图"等）的栩栩如生的浮雕、碑刻，既"点"了"姜维城"之"题"，又洋溢着厚重的三国文化氛围，堪称校园文化建设的"大手笔"；当年自己曾历经艰辛组织修建的学生（学员）宿舍楼、学生食堂餐厅，经受住了"5·12"汶川大地震的洗礼，傲然矗立在姜维城下、南沟之畔，依然为办学提供坚实的后勤保障——其房顶上安装的太阳能热水器在阳光下闪闪发亮，既是一抹亮丽的风景，又折射出学校的条件已是今非昔比的现状；地震损毁的本为"明长城"一部分的围墙已经修复，其顶部覆盖的水泥墙体的质量及观感均佳；为防护学生宿舍楼而由我于地震后组织抢修而成的混凝土挡土墙得以加高，整个山坡均以"防护网"覆盖，其安全系数想必大增；学校后山，当年师生辛勤植树、分片包干浇水看护的苍松翠柏而今已经长大成林、郁郁葱葱，近年来学校在林中新建了水泥阶梯的小道，安置了造型别致的盏盏路灯，这片林地俨然成为校园中"曲径通幽"的袖珍花园，加重了校园的文化氛围，也给师生提供了休憩、健身的良好条件；20世纪90年代修建的大礼堂和学生宿舍，在恢复重建过程中已经拆除，现在原处新建了一座钢柱、钢梁为主体结构的礼堂，宿舍楼处则已推平植树，原正对大门口的"为雪山草地托起明天的太阳"的那座"藏羌女儿"造型的校园雕塑便移置其中；循着水泥阶梯下到操场，正面的有顶棚的主席台已经拆除改建，横亘左右的那座高高的石坎（也是书写校训的文化墙）也已变了模样；体操房前栽种了林木，原办公楼（综合楼）、体操房也改变、增添了功能；老食堂建筑的第二层、第三层"房改"后出售给职工的住房，据说有的已租作教室；老办公楼则被削去一层，教学楼和实验艺术大楼倒还是过去的装扮；校园环境整洁、雅致，自教室里飘出的那耳熟能详的琅琅的读书声、悠扬的乐曲声等，令人倍感亲切、温馨。据顺校长介绍，计划将院坝改造成运动场，若如此，则校园的功能将更加完备。

当流连忘返的我步出校门，回头品读体味镶嵌在业已改造过的威师大门两侧门柱上那副"岷汶山川风雨沧桑薪火相传成就百年威师，藏羌儿女上下求索诗书继世润泽万家门户"的楹联之时，自己深感威师校自筹建初办到蓬勃新生、奋发进取、铸就辉煌、探索前行、综合发展、协调提升、克难进取、不断进步的漫漫历程之不易、之不凡；当我再满怀深情回望姜维城下、明长城内、南沟两岸的这所业已长达 80 年的学府时，400 多年前明代嘉靖年间进士王元正先生被贬茂州，行经此地题写的"山水间读书处"六个大字清晰地再现于脑际！

触景生情的我不禁心潮澎湃——如今的"山水间"，威师校坐落、兴旺于其间；两万多名藏羌回汉各族莘莘学子不负众望，在这"读书处"勤学苦练、立志成才，继而满怀豪情走出母校（其中，学校自 1940 年至 1949 年 7 月毕业学生 286 人；新中国成立后至 2008 年毕业学生 10576 人，合计 10862 人），奔赴雪山、草地、平原等广阔天地放飞理想、报效祖国、服务人民，谱写出了各自人生的瑰丽篇章！对此，每个威师人无比自豪！

我进而感悟：这是我曾经工作了 15 年——其中任副校长 5 年、任党委书记兼副校长 4 年、任书记兼校长 6 年——的地方，其间尽心竭力、励精图治，在学校面临"改革招生、师范转型"的严峻考验的关头，带领师生员工负重前行、执着追求，至 2008 年初，终以"建校迄今规模最大（时有在校学生 1245 人，其中五年制学生 798 人，专科阶段学生 285 人）、办学层次最高（已达到四川省小学教育专业专科办学水平要求)、办学效益最好(社会效益好,经济效益最好)"的突出办学业绩,谱写了威师办学的崭新篇章!其间,自己为之倾注的心血和经历的艰辛难以言表。令人自豪和欣慰的是,在一代又一代师生员工的不懈努力下,它迄今为阿坝州的民族教育事业和经济社会发展作出了不可磨灭的贡献,享有藏羌回汉各族人民赠予的"培养人才的摇篮"荣誉称号,作为其中一分子的我,对自己过往的辛勤付出无怨无悔;而今的威师,尽管仍面临着办学的种种考验,但在"拓展办学空间、扩大办学规模、提高办学质量"的转型发展实践中,也存在着"做大、做强""向善、向好"的无限机会!我深信,凭借顺校长为首的新一届领导班子秉承的与时俱进、不懈追求的良好品质,一定能不忘初心、牢记使命,带领全校师生员工攻坚克难、砥砺前行,继续以"新作为"换"新气象",再铸威师校更加辉煌的明天。学校自 2015 年以来,在校学生人数已自 300 多人上升至 2018 年秋季的 1065 人,专业扩展到 6 个,成功将原威师附小和汶川县幼儿园的校区并入[学校占地已达 111 亩(含校办农场 53 亩),建筑面积 24907.39 平方米],学校呈现出一派生机勃勃的景象,已证明这一目标的实现应当指日可待!

已迈进古稀之年的我,满怀信心地期待着这一天。

(2019 年刊载于《山水间》总第 3 期)

第一辑 抒怀

小屋的回忆

　　创建于20世纪50年代初的马尔康森工局（现阿坝州马尔康林业局），位于高原新城马尔康嘎辉桥的梭磨河畔。

　　其原转运站右前方、距梭磨河岸20米左右处，建有一幢上为两分水木质房架、下为一层内走廊的瓦房，其间隔成若干间住房，每间面积不过10平方米左右，房内天花板及四壁均以木条钉成，再以铡成寸长的谷草拌和泥浆糊就；地面则以泥土平整而成。我父亲自1959年从川西森工局调入新组建的阿坝州林业局——办公楼就在马尔康森工局之内——劳动工资科工作后，一直住在该栋瓦房临河最靠上游、与时任转运站负责人吴俊仁和文婆婆为邻的那间小屋内。同年，我母亲陶玉彬自忠县来到马尔康，且承蒙马尔康森工局安排到农建队种菜后，仍未更换居所。

　　我1961年秋初中毕业于四川省忠县三汇初级中学。当年高中招生时，因国内仍深陷三年困难时期之中而规模大幅缩减——几十年后才从同班同学处获悉，人口达100多万的忠县那年应届初中毕业生共2700名，高中招生名额仅50名；加之父亲在新中国成立前任故乡中心校教员期间集体参加了国民党，还代理过一段时间的伪保长，"政审"也过不了"关"，自己无缘被高中录取。于是，我于1961年12月9日告别故乡，由大伯父送到忠县城登上轮船，再次到了马尔康，入住那间面积虽小，但终生难以忘怀的房间。

那是一间团聚的小屋

新中国成立后，我们家因无土地、无财产，阶级成分被划定为贫农，父亲也得以于1951年2月被乡亲们敲锣打鼓欢送参加了革命工作——先在万县接受短训，后被分配到川东伐木公司，曾在乌江因乘坐的木筏解体而坠落江水之中，接连漂过几个险滩后侥幸爬上岸来，算是捡了一条命；以后川东伐木公司撤销，遂调至位于理县米亚罗的川西森工局，先后在朴头乡梭罗沟内的303伐木场和局本部工作，自然与家人分多聚少。

母亲虽也曾于1954年春节后被父亲从忠县老家接出来，被安顿在灌县（即现在的都江堰市）太平街居住，但也只有严冬伐木停止，父亲才会"下山"与母亲短暂团聚。1955年爷爷、奶奶先后仙逝，母亲便再次回到忠县。适逢"大跃进"、人民公社那个年代，她还远离家乡参加了"大炼钢铁"，直至1959年才被父亲接到马尔康居住。

正因如此，虽然我1960年暑假曾独自一人乘轮船溯洪水滔滔的长江而上，搭乘火车到成都，再坐马尔康森工局的大货车，一路穿过汶川、理县干旱河谷，翻越白雪皑皑的鹧鸪山，历经艰辛方抵达马尔康探亲短住，但严格说来，那个令人难忘的1961年12月，才是我们一家人真正团聚的日子；而那间小屋，则为我们万分珍惜的团聚提供了难得的住所！

那是一间温馨的小屋

房子虽小，但父母充分利用房外就是空地的优势，趁着星期天，到地处现马尔康车站处的农建队对面山沟内背回工人们弃用的木板，搭建了一个"吊脚楼"，有效扩大了使用面积——在"吊脚楼"上摆放炊事用具，权当厨房；屋内，一左一右安放了一张双人床和一张单人床，一举解决了煮饭、住宿的大问题。有着"先见之明"的勤劳的母亲，在我来之前，已经在森工局工具厂后面荒坡上种了洋芋且收获颇丰，加上经过父亲努力，马尔康森工局于1962年初即安排我到局职工医院材料室工作，也算有了"饭"吃。于是，我们一家三口过了一段至今仍觉得很舒心的日子——早餐后，我们便各自上班；中午，大家回到家里，将一张简易办公桌当作餐桌，聚在一起吃饭；晚饭后，三个人到梭磨河畔的小道上一边散步，一边没完没了地摆谈发生于忠县的"龙门阵"……

1962年春节前，听说街上为配合"回收货币"的政策要卖猪肉等当时罕见的熟食品，我们也就加入排队的"长龙"，凭着父亲还算得上"高"的工资（每月60.5元），买回粉蒸肉等食物，过了一个"有肉吃"的快乐年；当时正值著名演员黄婉秋主演的电影《刘三姐》风靡全国，我们也曾买票观看，我则连看几场——以至于乐感本就不错、记谱能力超群的我，都能够哼唱电影中那些插曲了。

后来，舞场也随即开放。每到周末，《花儿与少年》的交谊舞乐曲声总会从马林局俱乐部里飘荡而出，为马尔康这个当年很小的城镇平添了生机与活力！

记得春节之后，父亲被单位派往松岗沟内的州级机关干部农场劳动,但星期天仍可以回家,我们虽不宽裕但心境舒畅的小日子得以继续,且至今令人难以忘怀。

那是一间难舍的小屋

当年,国家开始实施国民经济"调整、巩固、充实、提高"的"八字方针",其中一项重要的举措是大幅精简压缩国家机关和事业单位工作人员(据说还给每个单位下达有"指标"),州级机关还为之召开了"动员大会"。本来,我父亲的历史问题早在1955年参加于成都市东珠市街进行的"肃反"运动时已经严格审查,并由党组织做出了"一般历史问题"的结论,仍留本单位工作——这已令他对党和政府感恩戴德一生。但多年的"要相信党、相信政府"的教育,已经使他产生了"应当响应党的号召,为国分忧"和"也许组织上会安排我退职"的本能反应,于是,向上级递交了"自愿申请退职"的报告,不久即被批准——粉碎"四人帮"后,党和政府"拨乱反正"、落实政策,规定"凡是当年非自愿申请退职者,均落实政策,返原单位复职",而父亲却因是"自愿退职",失去了这一机会。他也为之懊悔过,但理智让他冷静下来,接受了处理结果,并一直乐意领取国家按月发放的"退职补助"。

得知父亲退职的消息,想到自此便要离开城镇到农村去生活,我和母亲也曾心潮起伏,但本为农村出来的人,要再到那里去,也并不觉得似天塌了下来。因此,当父亲在过去森工单位同人的出谋划策之下,最终选定到号称"雪梨之乡""阿坝州江南"的金川县新扎沟口落户时,我们一家人还是坦然面对,并抓紧做走的准备:清理自己的衣服、杂物、书籍,捆绑单位按规定送的木质的椅子、办公桌等不急用的东西。待到9月18日早上,再拆散两张床，捆好被盖，等待装车出发。

记得那时，我在室内不断走动，四处顾望；伸出双手，抚摸那十分熟悉的墙壁、门窗、灶头……一股莫名的心绪涌动心中。当车轮滚动、喇叭鸣叫之际，我仍然倔强地回头，睁大双眼，透过那扬起的迷眼尘土，将目光投射向那渐渐远去的平房，心中不住地默念："别了，让我们家人团聚的小屋；别了，给了我欢乐的小屋；别了，我人生中一处颇有纪念意义的驿站！"

那是一间令人魂牵梦萦的小屋

在当农民的岁月里，金川人民给了在当地还算"文化人"的我当记分员、农技员、长期担任大队会计直至5年教书育人的民办教师的机会。其间，我无数次地忆及过那间小屋，想象过它的变迁，感叹过命运的造化！不过，还是要感恩命运的眷顾，给了我再次走近那间小屋的宝贵机会——

先是1979年，我参加西南民族学院面向阿坝、甘孜、凉山三州招收在岗中学语文教师的统一考试，以高分且唯一民办教师的身份被破格录取到该院汉语言文学专业（函授）攻读本科学历。记得第一次面授于当年在马尔康进行，其间，我曾专门抽出时间，骑自行车到马林局寻觅那间房子的踪影，但由于本自马尔康森工局内靠山边穿过的刷丹公路改道行走于梭磨河边，那栋平房虽然尚在，但那个临时搭建的"吊脚楼"已荡然无存——一种失落的心绪油然而生！

再是1980年秋季，我仍以民办教师的身份，以高出第二名30多分的全州最高考分，被马尔康师范学校录取——主要攻读大学课程，还兼顾普师课程的学习。毕业后，即留马师校任语文教师，并很快出任教导主任，再于1988年4月走上副校长的领导岗位,及至1993年底被州委、州政府调到威师校任职至2009年退休。在这漫长的岁月里,我曾无数次骑车、乘车路过马尔康森工局,但即便是那栋平房拆除、企业"棚户改造"时那间房子处建起了高楼大厦,我也总会条件反射般瞄上那间小屋的位置几眼——漫长的岁月都未能淡化烙在心灵深处的那份眷恋!

……

待到为照管在马一小读小学的外孙儿和幼小的孙儿,我和乾香又于2013年7月14日来到马林局,且入住距当年那间小屋很近的通过棚区改造项目新建竣工的5栋4单元2楼1号,一住就是5年。自此,无论拂晓还是傍晚,也无论夏日炎炎抑或隆冬严寒,只要走到窗前,我都会将目光瞄向右前方那间小屋的位置,一种回味当年长住的感受、怀念爱我助我的父母、感恩命运让我"历经51年的寒暑易节,迈过漫漫的人生历程,还能回到'原点'"的巧妙安排的情愫,总会久久涌动于心间!

虽然时光荏苒,但而今我依然难忘那间极其平凡、于自己人生却意义不凡的小屋。只不过,随着岁月如烟般流逝,自己的怀念已变得更为理性——

我感悟:人生总要前行,留下的是连续不断的深深足迹。当年走进小屋,那只是自己一度久违的家人团聚的温馨生活的起点;而后来离开小屋,方是人生精彩纷呈的新故事的开篇。因此,对小屋最好的纪念,应当是依恋人间亲情、眷顾人生"节点"、憧憬美好生活。

于是,自己顿感欣慰、释然!

(刊载于2020年《阿坝文艺》秋季刊,2021年第4期《喜悦》)

漫漫人生路　悠悠民师情

——马尔康师范学校民师班同学会纪实

人的一生，无论你愿意与否，总得在不同的人生轨迹上前行，从小到大至老地一路走来，并串联幻化为延续不断的深深脚印。

我人生迈出的关键几步，就总与民办教师（社会上简称"民师"）的身份有关：1975年9月起当民办教师，并在金川县庆宁乡河口小学任教2年；1977年7月至1980年10月，仍是民办教师的我，又被金川县教育局安排到庆宁乡中学任语文教师；1979年参加西南民族学院面向阿坝、甘孜、凉山三州在岗中学语文教师招生考试，仅我一人以民办教师身份被破格录取入该校汉语言文学专业就读（函授），且于1984年7月获本科文凭；1980年再以民办教师身份参加统一招生考试，并以全州第一名的成绩，被录取入马尔康师范学校（以下简称"马师校"）民师班（普师专业）就读，1982年7月毕业后留校任语文教师……自己与"民师"二字的"情结"之深，由此足见一斑！

正因如此，2018年10月22日，原马师校民师班男生中年龄最小的奉友华同学的一个"拟邀请全班同学到都江堰市华西饭店再聚会，恳请老班长一定前来参加"的电话，在我的心中泛起圈圈涟漪，禁不住思绪翻然：时光荏苒，岁月如烟，自马师校民师班于1980年秋季开办至今，38年的时光已流逝于挥手之间，但自毕业后就兢兢业业地工作在教书育人的岗位上，为党和人民的事业尽心竭力的这批同学，却始终未能聚会，不能不说是一大遗憾！虽然以享受副县级待遇的政策提前退休且非常热心的奉友华同学曾于2017年承头邀约过一些同学在都江堰市（我因在高原新城马尔康负责接送孙儿上幼儿园未能成行）相聚，但毕竟"参与面"显得太小。而今面对友华同学的再次邀请，曾经担任民师班班长两年的我，自然是责无旁贷、欣然应允，并对如何开展活动提出了自己的建议。

10月26日，一夜的大风驱散了连日的雾霾，令天空变为一色的湛蓝；难得一见的太阳露出了久违的笑脸，将温暖洒遍大地。早饭后，我驾车携妻子乾香在成灌高速上一路疾驰，按时抵达华西饭店，并同前来迎候的奉友华一道，与先后到达的温玉祥、魏正杰、张正琼、张明富、壳光明、晏文正、王全贵、汪丽、边学玉、蒲宗太、杨华全、张开文、邹贵义、毛有英、李莲玉、卢文香、丁成全、伍帮玉、熊德忠等会合于二楼。

阔别近40年的老同学们一朝相遇，热情握手、嘘寒问暖，万千感慨油然而生。眼见到场的21名同学中，除张明富同学因伤尚未痊愈而反应显得较为迟钝外，其余均身体健康，谈吐清楚，情绪饱满。有占能够前来的34名同学中62%的学子能不辞辛劳自四川各地按时赶赴都江堰聚会，自然令人无限欣慰与万分高兴！不过，大家也为一位同学毕业后不久因触犯法律入狱深感遗憾，更为魏正海、李显茂、杨宗富（以上三人均为党员，杨宗富还曾于1983年荣获"阿坝州劳动模范"称号）、孙正祥、王国英等5位同学先后不幸离世而唏嘘、惋惜！

随后，同学们品茗交谈，畅叙别情，并不约而同地将话题集中到曾让在座者多少次感受"期望、失望、守望"心路历程的民办教师身份，以及最终得以让希望变成现实的马师校民师班那段漫漫人生中的难忘经历——

"民办教师"是相对于"公办教师"的称谓，绝对是具有"中国特色"的"新生事物"。也是民办教师出身、出任过国家教委副主任的邹时炎同志，就曾满怀深情地评价民办教师在中国教育发展中的重要地位："他们中的许多人，在条件十分简陋、待遇非常微薄的情况下，默默无闻地执教于穷乡僻壤，把知识奉献给农民的后代。没有他们，就没有今天农村普及初等教育和扫盲的成果。这是历史事实，是中国教育史上可歌可泣的一个篇章。"（载1991年3月12日《中国教育报》）

"民师班"则是党和政府在"文化大革命"后为推进中国（尤其是广大农村）基础教育事业发展，在教师队伍建设上采取的逐步解决长期存在且在教育事业发展中发挥了重大作用的民办教师队伍问题的深得民心的重大举措，当年我们这些在学校没少做事但待遇与公办教师相差甚远的民办教师，得以成为阿坝州首届民师班学员，就是根据阿坝州人民政府1980年下发的关于"教龄达五年以上、年龄在三十二周岁以下的民办教师可以参加民师招收为公办教师的统一考试"的政策，报名参加当年全州统一招生考试（设政治、语文、数学三科），并分别被马尔康师范学校、威州师范学校录取的（马师、威师各招收40名）。就此而言，我们堪称国家改革开放好政策的受益者和幸运儿！

不过，由于当年民办教师的聘用并无统一标准，所以就读马师民师班的40名学员——分别来自金川县（共22人，当日张国君、温世富、赵正英、谷成喜、黄明芬、杨明富、代正发、吴富康、马定勋9人未到，李显茂、魏正海、杨宗富、孙正祥4人先后去世）、小金县（共13人，当日李祖秀、郭永弟两人未到）、红原县（共3人，当日庞开永、吴敦文未到，王国英毕业不久即去世）、茂县和马尔康县（各1人，当日熊贵平未到）——各方面的差异很大：从录取分数看，我以总分235分名列全州第一的成绩被录取，比阿坝州招办划定的马师、威师两校录取最低分数线115分高出一倍以上，差距悬殊；从学历看，既有"文化大革命"前的高中生（如来自红原县的籍贯为重庆永川的庞开永、从外地到红原落户的知青罗敦文），有"文化大革命"中的高中生（如来自茂县的熊德忠、金川的谷成喜等，以及小金的几位同学），也有小学未毕业者；从年龄上看，既有即将年满32周岁者，也有年仅18周岁者；从资历看，虽底线为教龄5年，但有的从教已达10多年，甚至有在小学教过的学生同在马师校读书；从家庭境遇看，家有5个孩子的一人，有4个孩子的也有几人，有3个孩子的则有一批，育有3个孩子的女同学即有好几位，未结婚者也有10多人，大家因家庭负担不轻而"担心""分心"确属难免；从生源看，绝大多数来自鹧鸪山以西各县，以金川籍22人为最多；从经历看，这批人中的多数或因家庭出身不好、亲人有历史问题，或因从事过工匠、做手艺疏于学习等，没能被保送或考上学校读书，选择了民办教师这一在当时农村还算是不错的职业……

好在，汇聚于马尔康梭磨河畔紧邻著名的卓克基官寨的马师校的这40位民师班同学，都分外珍惜这难得的学习机遇，都能摆正由"教师"到"学生"的位置，求学欲望非常强烈，勤学苦练蔚为风气；而知识构成参差不齐和已有一定小学教学经验的现状，势必又因学生"众口难调"令承担教学任务的老师们（先后教过该班的老师分别为：语文教师张显成、张德昌，数学教师韩瑶、周安祥和胡友林，化学教师韦功善，心理学教师江国清，美术教师邱世东，音乐教师朱丹，体育教师阳刚，教育学教师彭全森等）压力陡增，也定然因学生都有主见且往往"七嘴八舌"难以协调给班级管理带来诸多难处，并在校内形成了一方面同学们遵守纪律、学习刻苦，挑灯夜读、假日复习，苦练长跑，互相保护练习肩肘倒立，课桌上练风琴指法者比比皆是；另一方面到教导处反映对教学的意见成家常便饭，班长上任不久即陷信任危机、班委会开学不久就被改选，并推选还在西南民院面授的我接任班长的一道奇特的"风景线"。

但令人十分欣慰的是，大家在维护班级荣誉上则分外齐心——无论打扫卫生、整顿内务，还是参加学校的文艺演出、运动会，全班同学总是憋足一股劲儿积极参与、扬长避短、各尽所能，其出色的表现令曾一度调侃民师班是"妈妈班""爸爸班"的部分普师班学生不得不刮目相看，也一举塑造成了民师班的良好形象。

记得进校不久的　天晚上，有肇事者从公路方向打来一块石头，砸烂了民师班所在二楼教室的玻璃窗，致使正上晚自习的温玉祥同学头部受伤。大家紧急救护之余，积极向学校反映情况，要求严肃处理，还向老师、同学宣示真相，赢得了大家的关注、关心……之后，我执笔就此写了一封热情洋溢的致全校老师同学的感谢信，以大红纸抄写张贴于学校公示栏上，其真挚的情感、严谨的章法、优美的言辞震撼了全体学生——大家争相打听笔者是谁，及至得知出自进校前是中学语文教师且已在读大学本科（函授）一年多的我之手后，都钦佩不已。据说，这也是后来大家一致推选当时并未在学校的我出任马师校第三届学生会主席的缘由之一!

……

无奈话长时短。久别重逢相聚的宝贵时间在话题投缘、谈兴甚浓之中倏然流逝。11：30，"不忍"的奉友华同学还是被迫按下了"暂停键"，进行随后的议程："首先向大家汇报此次聚会的筹备过程……"接着，我应邀现场作了如下致辞。

各位同学：

我们马师校1980级民师班21名同学，能够在阔别36年之后，于秋风送爽、丹桂飘香的美好时节，从省内各地汇聚在因著名散文家余秋雨"问道青城山、拜水都江堰"之评价而"热"遍神州大地的旅游城市都江堰市，畅叙同学情谊，共享聚会欢乐，令人无比激动！看到我们这批分别步入花甲、古稀之年的男女依然身体健康、精神矍铄，让人倍感欣慰！

在此，请允许我向积极参加同学会的各位表示最热烈的欢迎！

需要指出的是：筹办同学会的工作十分繁杂，只有"人缘好、心肠热、负责任"的能干人方能担当——奉友华同学就是这样的值得信赖的人。因此，我们应向为组织此次同学会付出了极大精力和许多心血的奉友华同学以及协助工作的边学玉、李莲玉同学表示由衷的谢意！

同时，作为老班长的我，去年因承担"培养社会主义事业的接班人和建设者"的任务无法分身而未能应邀出席首届同学会与大家同乐，今年亦未为大家聚会多做一些事情，在此谨表歉意！

我以为：民师班是历史的特殊时期的特殊产物；民师班

的同学情应当是最纯粹、最质朴、最理性的情谊;在民师班学习,应当是各位漫长人生中最值得回味的一段宝贵经历。正因如此,当我们此时此刻回首那难以忘却的两年民师班学习时,仍然为之感慨万千——

首先,民师班人很幸运。

当年,我们无一不是因为出身不好、关系不顺,因已婚、有子女、超龄而条件不够等历史的原因,错过了保送、考试、招聘的机会,只好走上或守望在民办教师的岗位上,干着"做的是比公办教师更多、更累的工作,享受的是与公办教师完全不相称的'补助加工分分配'的报酬",处于"虽有'转正'希望,却全然不知结果"的尴尬境地。好在,1976年那个金色的十月,党中央一举粉碎了"四人帮",以邓小平同志为首的第二代党中央领导核心率领全党和全国人民拨乱反正,走上了改革开放的康庄大道,大力促进教育和科学事业发展,也给了我们昂首迈进阿坝州小学教师的摇篮——马尔康师范学校学习科学知识和教育理论、培养教学技能的宝贵机会。就此而言,我们的确是幸运者!

其次,我们有缘分。

我们这样一群文化程度参差不齐、年龄梯度相差很大、家庭境况悬殊的民办教师,能够自大渡河畔的梨乡、巴郎山下的小金、茫茫草原的红原、岷江河谷的茂县、火苗旺盛之地马尔康,汇聚在梭磨河畔的卓克基,一起度过了苦读、求索的两年时光,不得不说是缘分使然。

同时,我们有作为。

在两年的学习中,我们全班同学"不需扬鞭自奋蹄",真正做到了"放心"(家庭和子女)、"安心"(做到心无旁鹜,安心学习)和"用心"(于学习),以顽强的毅力克服各种困难,以不懈的努力完成各科学业,执着地为成为合格的小学教师而拼搏;我们弘扬团队精神,积极参加学校组织的各种文体活动,敢于与藏文班、普师班的小青年们同场竞技、同台比赛,并每每闪现着我们获奖的身影;全班同学在理县营盘街小学的实习有声有色,甘国栋同学上的一节《鸟的天堂》的小学语文公开课受到来自各校的听课教师的高度赞誉……其精神和作为可歌可泣!

1982年7月,当用教育理论武装起来的我们这群如虎添翼的"老兵"英姿飒爽地迈出校门,在新的工作岗位谱写教师"新传"之际,大家分外珍惜为党的教育事业奉献全部力量的宝贵机会,一直以"滴水之恩,当涌泉相报"的古训激励鞭策自己,明志要感恩和奉献!于是——

我们敬业爱岗,勤恳工作,栉风沐雨,辛勤耕耘,热爱学生,教书育人,为上一级学校培养出一批又一批合格人才,忠实履行了人民教师的神圣职责,成绩卓著,有13名同学加入了中国共产党。其中,杨宗富同学1983年获"阿坝州劳动模范"称号;甘国栋同学先后于1989年被评选为"全国优秀教师",1991年被批准为"四川省中学语文特级教师"(系由重庆市所辖尚未划出时的四川省人民政府"破格"批准的五名以中级职称直接评为"特级教师"者之一,也是阿坝州首批九名"特级教师"之一),1996年获"曾宪梓教育基金会中师教师三等奖",2001年被授予"阿坝州优秀党务工作者"光荣称号;温玉祥同学2004年被评选为"四川省优秀县委书记";壳光明同学1993年被评为"阿坝州优秀教师""全国民族团结先进个人",1994年获"阿坝州优秀青年"称号，1996年获"阿坝州十大杰出青年"称号。甘国栋同学为中国教育学会会员，2004年出任全国师范语文教学研究会副理事长，学术成果丰硕，著述颇丰；甘国栋、张国君同学被评聘为中师高级讲师；黄明芬、壳光明同学被评聘为中学高级教师；庞开永同学内调四川省永川西北乡初中任教后被评聘为中学语文一级教师；23人被评聘为小学高级教师；邹贵义同学为中国文艺家学会会员，出版有小说集《绿松石耳环》和诗集《长天的风》，另有诗歌《人生说味》收藏于清华大学诗歌研究会《莫道桑榆晚》。

我们中从事行政和学校管理的同志不忘初心、不辱使命，努力为阿坝州经济社会发展全身心奉献聪明才智，竭力推进素质教育、提高教育教学质量，业绩突出。其中，温玉祥同学先后任州教委副主任、州教育局党委书记、黑水县县长、松潘县委书记、州委组织部常务副部长、州人大常委会副主任；甘国栋同学先后任马师校教导主任、副校长、威师校副校长、党委书记、校长；壳光明同学曾任金川县教育局副局长；奉友华同学曾先后任小金县委宣传部副部长、文化口党组书记、县矿产办主任、地矿资源局局长、县总工会常务副主席；有3人任科长（主任科员），1人任区教育干事，5人任小学校长（书记）。

我深信，倘若皑皑雪山有情，它会铭刻下马师校民师班同学在教育战线付出的辛勤劳动；倘若茫茫草地有意，它会"固化"民师班同学在阿坝州基础教育发展历程中踏下的深深足迹！我们，理应为自己是马师校民师班学生而自豪；我们，理应为自己为党和人民做出的奉献而骄傲！

同学们，我们这一代人当年都有着并始终践行"先天下之忧而忧,后天下之乐而乐"的情怀!而甚感欣慰的是,离开了心爱的工作岗位的我们,而今都子女事业有成、孙辈茁壮成长,享受着党和政府创造的"老有所居、老有所养"的优越条件。于此,我衷心希望大家摒弃"夕阳无限好,只是近黄昏"般的伤感,以叶剑英元帅"老夫喜作黄昏颂,满目青山夕照明"的诗句激励自己,精心描绘"夕阳美",放声高歌"夕阳乐",让人生最应"光鲜"的珍贵年华出彩。我衷心祝福大家开心快乐、家庭幸福,保重身体,健康长寿!

我们真情相约:2020 年——同学们进入马师校读书 40 周年——再相会!

谢谢!

温玉祥同学也应邀即席发言。

12:30,我们前往与茶楼相连的安放了两张餐桌的大包间就餐。

在我致辞并提请同学们"为我们 36 年之后的再相见,为在座各位身体健康、心情舒畅、家庭幸福干杯"之后,大家举箸进餐,边饮边聊,相互敬酒(果汁),互致祝福,气氛热烈,其乐融融。席间,熊德忠同学的祝酒歌、蒲宗太同学的演唱为大家助兴;温玉祥同学亦一展歌喉,接连唱了几首歌曲,大家一边击掌一边唱和,将欢乐的氛围推向高潮!

饭后,同学们合影留念,并沐浴着初冬和煦的艳阳,循柳林掩映的江安河沿而上,前往离堆公园,饱览山水风光,继续回忆同窗趣事,畅谈人生感悟,深厚同学真情!

(刊载于 2022 年《雪原文史》第 1 期)

第一辑 抒怀

金川新扎沟口印象

都说人生路漫漫，岁月长悠悠，但关键的，也就那么几步。我的人生经历，让自己对此甚以为然。

众所周知，极易拨动心弦、煽起缠绵而真挚情愫的敏感词语故乡（亦有桑梓、故里等雅称），本指人出生的地方，所以，但凡社会人，无一不称赞养育了自己的故乡美！我，出生于长江之畔的原四川省（现重庆市）忠县官坝区一条小河沟内的兴隆乡（现兴峰乡），离县城仅29公里；虽然我居住的长石村（现南天村）地处深丘陵地区，但我总会因其拥有厚重的历史文化和举世闻名的石宝寨而自豪，盛赞"故乡美"！新扎沟（又名撒瓦足沟），仅是大渡河上游大金川江的左岸支流，其发源于金川县海拔4360米的白鹤山，全长45公里，自东北流经撒瓦足乡，转东南经庆宁乡新沙村汇入大金川江，其落差达2213米，新扎沟口即地处此汇合处。这原本在地图上都难以找到、分属老四川省之东西两端的两个地方，却因我们家在20世纪60年代初迈出的到此地入户的那关键"一步"，将我的人生轨迹紧密地连接了起来——我及家人就曾居住在新扎沟口长达20余年，自己亦一直视之为可遇而不可求的珍贵缘分使然！

时间回溯到1962年，国家决定实施"调整、巩固、充实、提高"的"八字方针"，其中涉及很多家庭及其成员根本利益的就是将一大批国家机关企事业单位的工作人员做"退职"处理——发给其十分有限的一点"退职费"，即改变身份成为"农民"。我的父亲即在此之列。

于是，我在当年的9月18日，随同自愿申请从阿坝州林业局退职的父亲甘霖，以及在马尔康森工局农建队劳动的母亲陶玉彬一道，从马尔康搬家到金川县，于9月19日抵达庆宁乡五大队新扎沟口务农。记得当时一家人的财产，仅有州林业局送的一把桦木椅子、一张简易办公桌、一张小床和一只皮箱、一口木箱，外加父亲领取的几百元退职费而已。

这一天，可算我及全家命运的转折点：由高原小城镇马尔康来到地处边远贫困民族地区农村的新扎沟口，自然是经历了"两重天"。不过我能在这里一步一个脚印地尽心竭力、从头干起，最终得以从这里走出去并彻底改变一家人的命运，也算未违初衷！也正因如此，我一直感激敬爱的父亲当年选择安家地址时，毅然舍弃马尔康县松岗乡的獐鹿场，改而听从大金森工局曾在川西森工局工作过的同事们的建议，选定在新扎沟口安家；一直感恩亲爱的母亲辛劳操持，让一家三口很快适应了新环境下的生活；一直由衷感谢新扎沟口的乡亲们敞开胸怀，热忱地接纳、善待了三个"外来人"；更一直热爱那一方让我们安居乐业、陪伴我成人、成家、立业的难忘的水土，也向来以优美的文字，赞美于我印象最为深刻的第二故乡——新扎沟口！

（一）

位于川西北高原南缘的金川县，因境内的大金川江（一说因沿河诸山有金矿）而得名。全县辖区面积 5550 平方公里，海拔在 1950—5000 米，现辖 19 个乡（镇）、88 个行政村、3 个社区，有藏、羌、回、汉等 14 个民族，7.3 万人。

印象之中距县城仅 12 公里的庆宁公社（乡）五大队（新沙村）的第二故乡新扎沟口，的确是个好地方。

新扎沟口的环境优越宜居

金川历史悠久，山水蜿蜒，人杰地灵，物华天宝。"东巴石佛""四臂观音""中国碉王""情人海""广法寺""索乌神山""悬空古庙""乾隆御碑""梨花红叶""阿科里草原"等十大景观壮丽神奇；高山峡谷、森林湖泊、雪山草甸，既有高山雄伟之气，又有草地壮阔之美，既有北欧版的大陆风光，又有史诗般的田园风情。"雪梨花景观""红叶景观"双双被农业部评为"中国美丽田园"景观，成为全国唯一获得两项桂冠的"中国美丽田园"目的地。

同时，金川县红色文化浓郁深厚。1935 年红军长征时曾驻留金川 14 个月之久，建立了中国革命史上第一个少数民族自治政府——格勒得沙共和国中央革命政府及各级苏维埃政权，并成立了大金省委，下辖丹巴、小金、马尔康和绰斯甲。1936 年，四川省政府将绥靖、崇化屯合为靖化县。新中国成立后，先是于 1953 年将靖化县更名为大金川县，再于 1959 年与绰斯甲县的观音桥、周山合并命名为金川县。

受亚热带气候影响，金川县境内气候温和，阳光充沛，物产富饶，宜居宜业宜旅。

据刘德茂先生撰写的《浅谈金川移民与民族融合》介绍，"乾隆征金川前，金川居住的是单一的嘉绒藏族。二征金川战争结束后,金川境内仅剩嘉绒藏民3500人,被清廷圈定在河西屯、河东屯。这期间,大金川江两岸,从曾达到五甲长130里的大金川两岸、4000平方里的地域内,没有人烟,死气沉沉,一片凄凉。时任绥靖屯令李心衡心急如焚,立写奏折上书乾隆:'绥靖如要想恢复生机,火速移民填充方是上策。'乾隆准奏后,清廷立即调令全国多处移民填补金川。后来移民填补的都是汉回民族,来自全国十个省,他们为金川恢复生机作出了贡献。清廷征战金川的十多万清兵,战争结束后留下了3000人,被清廷额定成了永远填补金川的移民,之中立有军功者,清廷还奖赏了封地"。不过,作者也指出:"金川县现有73000余人,地道的汉回民族都是填金川外省移民的后裔。可惜,99.6%的汉民族没有族谱,没有记忆记载,他们根本不知道本族的原籍,根本不知道填金缘由,只有填补金川的回族民众,他们以精明的头脑和远见的目光,把每一族姓的族谱都完整地保留了下来。"

如此大规模的"屯田"和"填补"之举,无疑有力地促进了金川与外地的交流和民族的融合,并由此长期深刻地影响了金川的文化;而新中国成立前后均有一批学子不辞辛劳跋山涉水到灌县、成都或茂县等地求学,又有效提升了金川的文化教育水平,促成重视后代教育蔚为风气。

作为金川县庆宁公社五大队的一个生产队,新扎沟口自然也就具有了前述该县地理、环境、文化积淀、教育发展等方面的突出优势。

新扎沟口的交通四通八达

那里交通十分方便。新中国成立前,此地就是翻日旁梁子前往周山、绰斯甲、阿科里,乘坐牛皮船渡过大金川江经五甲、盘龙河、二毛山去马尔康、理县、汶川、灌县，或去金川县城及其以下地方的必经之地。

新中国成立后新建的刷（刷经寺）丹（丹巴）公路从"门前"穿过，加之而后大金森工局701场修建的自沟口至撒瓦足沟内的林区公路，使得这里交通四通八达，人员或车辆进出都十分方便。

新扎沟口的物产丰裕富饶

新扎沟口土地肥沃，沟渠纵横，灌溉方便且有绝对保证，完全可以旱涝保收。河边古老的白杨树参天，房前屋后、山坡边和公路旁，树冠特大的核桃树、茂盛的梨树和茂密的竹林遮天蔽日。每当春风劲吹、万物复苏之季，梨花灿然怒放，令人目不暇接；深秋时节，则层林尽染，那"满目红叶遮蔽天"的一色，让人禁不住心旌荡漾；山上植被丰富，林中鸟飞兽走，堪称是个山清水秀的好地方！

那里海拔2000多米，气候温和，年均日照长，冬无严寒少雪冻，夏无酷暑山水荫。受亚热带气候影响，境内气候温和，阳光充沛，物产富饶，可种小麦、玉米两季，我们到的当年，崔家大地的水田里就栽种有红米水稻。那里还盛产核桃和大红袍花椒，其出产的金川雪梨因色黄皮薄似"鸡腿"的外形和香甜、化渣的口感而闻名遐迩；若将雪梨摘下堆在屋里让其"发汗"之后，味道更佳，每到冬天，凡有运输"发汗"雪梨的汽车从公路上驶过，总会飘散出缕缕清香，让人垂涎欲滴，回味无穷；即使我们到金川后，雪梨都还被装进用木条钉成的板箱远销香港——发现蚀心虫导致雪梨成"黑屁眼儿"且久治不愈，则是引进水蜜桃之后的事情。

当年，大金川江和新扎小河中的金川细甲鱼特别多。其鱼鳞白鱼尾红，有"虫嘴"和"齐嘴"之分；其肉鲜嫩可口，鱼刺少而硬。还有蛇身鱼头、只有一根肠子、主要靠吃鱼为生的活化石般的"猫儿鱼"（川陕哲罗鲑），其肉愈煮愈紧，鱼汤呈乳白色，其肉口感更好，堪称美味佳肴。按规律，入秋之后，巡游于新扎沟小河内的金川鱼就会洄游大金川江。因此，每年中秋节之前，队上的人会按惯例用砍来的白杨树扎成"枂槎"截断小河，在留下缺口形成的落差处则用白杨树枝条铺排扎成"鱼圈"，参与修建"鱼圈"者按"规矩"预先排队，晚上轮流值守，截到鱼则归己。

记得1962年中秋节晚上，刚好轮到后来成为我岳父的崔三爸值守，他便盛情邀我同去。大约22：00，睡眼惺忪的我听到啪啦啪啦的响声接连不断，连忙起来，只见"鱼圈"中大大小小的金川鱼正在扑腾，蹦得很高。崔三爸叫我拿过背篼拣鱼，不一会儿就装满了一小背篼，其大的有五六斤重，小的也有半斤以上，太小的就丢进河里……这令我不禁由衷地感叹：我真没有见过这么多的鱼，更不要说如此多的大鱼，也从没有过如此容易就抓了这么多大鱼的经历！

我在皎洁的月光下背着鱼回家，第二天饱餐一顿，真是过瘾。只是，后来才发现，哪家也没有那么多的油用来煎或煮鱼，而一锅清水没有放油煮的鱼也越吃越无味道，以致有的人家把吃不完的鱼肉用来喂猪。

夏秋时节，新扎沟水流量很大，自大金川江巡游进来的鱼会格外多。每遇河水清澈能见度高之时，身强力壮者就会在夜晚高举着以柏树劈柴或"黑果果"柴捆绑成的火把，手握有三根倒刺的鱼叉到河边靠近中流处叉鱼，不仅每有斩获，且得到的鱼一定是大鱼。

令人遗憾的是,由于生态环境不断破坏,加之用钢管装炸药制成的"土手榴弹"更是泛滥成灾,不法者遍河炸鱼屡禁不止,鱼类断子绝孙在劫难逃,后果可想而知。之后,金川鱼也就越来越少了。

新扎沟口背后山上时有獐子出没,经常看到猎狗将其撵(追)到河坝后人们纷纷追逐、偶尔还用石头将其打晕后活捉的场面。梨子成熟后,常有其肠子无动物常见的大肠小肠之分、边吃边屙而名为"围子"(即果子狸)的动物夜间上树。冬天山上干燥,飞翔能力不强、在平地上只能跳跃着前行的画眉(金川人称"画眉子")会成群结队"滑翔"下山到沟边或河边饮水。

新扎沟口的文化包容交融

新扎沟的村民构成复杂,纯粹本地土生土长者极少,当地人称"过客"的外来者在这里安家的特别多,各民族文化的交流、融合显得特别明显。

比如村民谢某、夏某、曾某、李某、代某等就分别来自四川省的射洪、崇州、广西平乐、温江、马尔康等地;天全县人王某,是跟随红军长征走到黄河边"掉队"返回此处的;大队支部书记张某的父亲,也是大邑县人……这些人到此地后,都娶妻生子,安家定居。我岳父一家是临解放时才从大金川江对面的咯尔乡五甲村迁来。会计苟某,也是自周山迁居于此……

同时,在新扎沟内有大金森工局701伐木场,其工人几乎全部是州外潼南、中江等县招来的。在沟口设有负责为木头"检尺"的验收队,先后在此工作的张连拾、刘友琪、王仲文、王安忠等,以及在渠道中放送原木的常驻流送队工人,他们与村民们都非常要好。

正因如此，新扎沟口人们的包容性和接受新事物的能力较强，大多能够和谐相处。众多的外来者也必然带来丰富而不同一的文化和习俗，长期的兼收并蓄和相互影响融合，使得人们的素质普遍有所提升。比如，来自射洪的谢某虽读书不多但讲故事（说书）的能力强，田间地头劳动休息之余，他的旁边总会围上一圈男男女女听他说《三国演义》《水浒传》《西游记》《隋唐演义》，一个个听得津津有味，以致队长喊"动工了"都还恋恋不舍，总缠着他"继续"。来自广西平乐县的曾某有文化，口才甚好，只是方音太重，他存有包括《黄河大合唱》在内的许多歌曲本子，我就在其处借看过不少曲谱，对我学习歌唱、乐器帮助非常大……当年，每逢大金森工局的电影队巡回到新扎沟口生产点放电影，总会让村民们度过一个过节似的难忘夜晚。届时，村民们会于天黑前早早地汇聚在验收队坝子里，或自带板凳"占位子"，或端坐于阶梯耐心等候；待到放映开始，大家就目不转睛地观赏悬挂于公路对面地里的银幕上呈现出的精彩镜头，或为其中演绎的一个个生动故事深深地感动，或从"新闻简报"中了解到发生在世界和国内的一件件大事，饱尝一顿精神文化"大餐"！

虽然在"阶级斗争"之弦越绷越紧的形势下，这些外来人的命运后来都发生了很大变化，一些人也曾遭受到过不公正的对待，但好在后来得以"纠错"。在改革开放后那个十分强调尊重知识、尊重人才的年代，也几乎只有这些人家有子女考上大学、中专，毕业后成为机关事业单位工作人员，有的人家的子女还走上了各级党委、政府的领导岗位。

新扎沟口的邻居友善宽容

总体而言,新扎沟口人和其他金川人一样,对新的人或事物比较富有宽容心、包容心和同理心,内心阳光,对人热情谦和讲礼数。人们往往能摈弃人际间难免产生的误会、纠纷,显得较为大度。

比如,男女老少相见都面带笑容,早晨碰面必互道"你早啊",平时见面会寒暄"吃饭了吗",遇到有人远行会礼送"你慢慢哦",家里来了人会说"你坐啊"。当年的金川男性多穿长衫(劳动时穿羊皮领夹子)、拴腰带、打绑腿,女性则有著名的"三道箍"之说,即要缠黑色头帕、穿长衫背心并拴人工编织的花带子(劳动时,也外穿羊皮领夹子)、脚上绑裹腿,她们从坐着的男性或者外人面前经过时,总要低头弯腰,以双手捏住长衫下部衣摆,嘴里不住地说着"得罪哦",放轻脚步,款款走过。一家有事,左邻右舍会前来帮忙;一家杀过年猪,会互相请亲戚、邻居做客同庆;家有嫁娶、生日等喜事,大家也会互相道贺,乡情融融!

金川本有根据"先生"所排"四柱"中"五行"的情况,给子女找干爹的习俗。所以,我们家几个孩子自20世纪60年代末期先后出生后,自然也入乡随俗,先后"拜继"有"干大""干妈"。如此,也在一定程度上活络了我们一家的人缘关系。

这样的政治生态环境和人际关系,给初到此地的我们一家提供了宽松的生存空间。

(二)

印象中的新扎沟口生活劳动的情景,实在令人难以忘怀!

我们的生活简朴，却充满阳光

到金川后，我们在生活上还过得去：住房是以片石砌墙、泥土盖顶的公房。虽然只有两间，其中一间是用杂木树条编织，且用切断的麦秆和黄泥土搅拌成泥浆糊过隔成的；里面一间光线暗淡，还是得益于临时打开一道门以便到房后大核桃树下的水沟边取水后，光线才明亮了一些，但供三口之家居住足矣。

金川县河坝地区主食为玉米、小麦，经过自然灾害考验的我们，适应起来不是难事。母亲心灵手巧，没过多久，做锅边玉米馍馍、玉米蒸蒸饭、玉米汤汤、麦面馒头、面片子（手工面块）、以核桃仁做馅儿的花卷，甚至烤玉米面或麦面的锅盔，都不在话下，只是味道一时还没有后来成为岳母的彭二孃做得那么正宗、地道。新扎沟口盛产蔬菜，白菜、莲花白、海椒、茄子、番茄、葱子、大蒜、菠菜、白瓜、黄瓜、豇豆、四季豆、洋芋……应有尽有，完全可以满足生活需要。尽管1962年底，我也随崔三爸到四古鲁山上的干部农场买过红萝卜以备来年春天青黄不接。即使到了冬天，也有秋冬腌制的盐菜和随时可用一种名叫"元根"的菜叶煮的酸菜可吃，虽然开始见到捞出的酸菜涎水长流"牵丝挂网"，吃起来酸得牙齿发噤，但久而久之也就适应，且常吃玉米馍等，吃酸菜可中和胃液、帮助消化。

当地白天出工时兴在田间地头吃中午饭。时间一到，三个一群五个一伙自愿组合，搬几个石头架起锅（有的还只是个白铁皮盒子）烧开水，各自拿出自家带来的玉米馍（或麦面馍），放在火堆旁边烤热（有的干脆在烧开的水中放入玉米面和酸菜，搅和成"汤汤"，这在野外也很好吃），再取出所带酸菜和以莲花白、白菜、海椒等腌制的盐菜等，围成一圈，盘着腿席地而坐就可

"开饭",大家"各取所需,互通有无",随意选取各家带来的食品吃,其韵味也别具一格。至于牛肉、羊肉,我们在马尔康也经常吃;酥油、牛奶虽开始对其味道极不适应,但时间一久,吃(喝)得多了,也就自然入乡随俗,感觉味道不错,更何况其营养价值本来就高。

我们的劳作艰辛,却不乏乐趣

到新扎沟口后,父亲当上了林业管理员,栽树、剪枝、施肥、疏果等虽活路不少,但都是他当年在忠县智华寺职业学校学习时的专业,又相对自由轻松。他也有的是时间钓鱼、下象棋。时任乡党支部副书记的张福初对父亲和我都很好,他在住队期间,也经常与父亲"杀"上几盘;调离庆宁公社之前,他还于1964年1月24日送给我一本日记本,并亲笔题写"国栋同志:希你努力学习,不断提高自己的阶级觉悟,为祖国的社会主义建设贡献自己的力量"的颇具时代特色的题词——这在当时已是很好的礼物!父亲的伙伴儿陈某也是父亲的"棋友",只是棋艺欠佳。父亲还作为村上男子篮球队(记得主力队员有彭天福、陈惠清、朱玉堂、苟星耀等)的主力后卫,参加了全公社男子篮球锦标赛,当时年富力强的他在场上左冲右突,表现中规中矩,深得队友信赖。他有文化,又写得一手好字,但凡队上开大会,书写横幅、标语都非他莫属,大队搞选举,也请他帮忙填写选民证等。他在大金森工局还有很多自川西森工局调来的同志和几个忠县老乡,有个随时可以"伸脚"的地方,又有用退职费买的一辆价值250元、质量非常好的永久牌绿色加重自行车,来去方便。可以说,一段时间里,他的心情和境况还是蛮不错的。而他当年与陈某辛勤劳作栽种在王爷庙前刷丹公路直道两侧的雪梨树,而后生长茂盛，郁郁葱葱，枝叶相拥，逐渐形成了一个长达百余米的廊道：春天，梨花绽然开放，白茫茫的一色；金秋，红叶艳丽无比，似火苗袅袅升腾，已经成为每年一届的金川县"梨花节"和"红叶节"的宣传名片。虽然常言道"前人栽树，后人乘凉"，但如此这般的轰动效应，想必父亲当年绝对没有想到！

母亲本就劳动妇女出身，身体健壮，勤劳好强，吃苦耐劳，各种农活也容易上手，所以很快适应了生产、生活，后来还成为生产队的种菜能手。

我是当时大队上乃至公社、县上少有的"文化人"之一，年青有朝气，所以在生产队大有施展才干的天地，严格说来没有真正做多少农活，也没有过度劳累过。自 1963 年开始至 1965 年，一直当生产队的记分员，除每个月会用 5 天左右在家登记、计算工分以保证按月公布外，别人山上积肥，我负责在圈舍旁过秤记数；别人齐麦把子，我统计把数；别人撕玉米，我登记箩筐数；别人挖粪背粪，我也负责记载背数……总之，凡是涉及以定额计工分的农活，我都负责登记统计以计算工分，不用动手干农活。自 1964 年起，我还兼任大队的植物保护员，以后又当农技员，既有机会到区上、县上学习，还可以从事治种、灭虫等技术性农活，无须过多劳力。1964 年，我还不时跟着邻居李某赶过马车……

当然，自己也参加了一些农业劳动。比如，出早工积肥，刚到时自己个子矮、力气小，遇到严冬清晨上山掏岩兔粪——一种形似老鼠但没有长长尾巴的岩兔在山洞活动长年累月积存下来的颗粒状的粪便（据说是肥效很好的肥料），崔三爸总是叫上我。到了地点，他会先折些干树枝烧起大火，让我们烤火，他老人家一个人弯腰钻进洞里用一种名为尖锄的工具掏，运气好时，那兔子粪会哗哗流出,用口袋接住就行。等到装好口袋了,我们就背着下山回家吃早饭。还参加过种玉米、种小麦、割麦子、搬玉米、薅草等劳动,只是,薅一季玉米的二(次)草会因玉米苗高叶子割了手或脸被汗水浸湿后分外疼痛,炎炎夏日下打麦子会因麦芒钻进衣领之内感到极不舒服等,也给我留下过苦不堪言的深刻印象。

  此外,我也多次到鹅多塘参加打土巴的劳动,其感受非同寻常。自新扎沟口猴子岩起,在大金川江和新扎沟小河两河夹峙之间,有一座向周山方向延伸、经墨乌到撒瓦足乡绵延达数十公里的大山,名叫"日旁梁子"。在金川,就有"日旁梁子通西藏"之说。山上,虽多数地段是青冈树、桦树等杂木树林掩映,但在墨乌以下,则黄土层厚,地势相对平缓,马桑树、黑果果树丛生,野草覆盖,适宜耕种,其上至今尚存甚多残破的房舍和尚待复垦的梯地,可见过往在这大片土地上是有人居住且以耕种为生的。记得1963年,有部队派人前来实地考察,生产队让我带领解放军同志从白人菩萨一直走到墨乌后面的大水凼子。经丈量,可耕地达近万亩之多,开垦前景十分看好!但可惜的是,山上严重缺水,当时新扎沟口连电都没有,自然无法采用分级提灌的方式将不分昼夜奔腾而去的大金川江水送到山上以解决饮水和灌溉之需,据说最后只好作罢,从而失去了一次开发的良机。鹅多塘就是新扎沟内3公里处山上一个凹凼处。这里除有两个水凼子靠夏天下雨蓄积一些山坡自流水用来喂猪、牛、羊之外,一年四季的饮用水全靠牛驮着两个扁形有盖的水桶到山下的新扎小河中取水驮回。由于全是黄泥土,秋天翻过的土地经一个冬天的暴晒,水分蒸发殆尽,变得坚硬无比,待到春天播种之前,需要用青冈树做成的木托、桦木把子的"土巴槌",把土块击打破碎,以保证播撒的种子能够顺利地发芽、扎根、生长。这是非常辛苦的劳动:虽然大家都会带水,但不可能很多,要坚持到下午很难;长住此地的农户虽然每天都会用牛驮水,但毕竟极其有限;加之人性本能使然,多数非亲、非故、非友者,自然不可能受到惠顾。因此,艳阳暴晒、干燥异常、尘土飞扬之下的我们,还等不到下山,就大都口唇开裂,声音嘶哑,灰头土脸,干渴难耐;由于土块坚硬,虽然将"土巴棰"高高举起,使劲砸下去,但要么只留下一点痕迹,要么也就敲下一小块,却震得虎口发麻,胳膊发酸,久而久之,手背出现裂纹,继而血珠点点,一旦汗水浸入,疼痛难忍,一天下来,倍感劳累。虽然,每年要打完近20亩地的"土巴",绝非一天两天可以完成——意味着这种艰辛的劳动得延续好几天,不过,其间一到休息时,青年人争先恐后地聚在一堆打百分,那赢者欣喜若狂、输者面红耳赤,一时间将劳累全然抛之脑后的情景,至今忆及,仍觉得情趣盎然!

至于非劳动时间,我也借过崔三爸的明火枪,牵上自己喂养的一条取名"狮子"的黑色猎狗,跟着邻居杨某、李某等去打过猎,但收获不大。有一天,我们放的一群猎狗将一只不很大的獐子追撵到猴子岩公路边上方10多米高的岩上,已处前无逃处、后无退路之窘境,几个人连续开枪,虽被打中但它就是不掉下来,还是我自告奋勇攀爬上去,用猎枪将受伤的獐子捅了下来,才当场活捉。

1964年的深秋,我还到3公里山上的李海山火地里收割过春麦,其美妙的体验至今难以忘怀。

李海山在新扎沟内3公里背后的神足沟深处。那里山高林密,鹅掌树、桦树参天蔽日,小溪流水淙淙,溪水清澈见底,偶尔还可以从搬开的石板下抓住有活化石之称的杉木鱼。茂密的树林里，獐子、老熊、猴子不时出没，属于珍稀物种的白马鸡叫声不绝于耳，野鸡、花豹鸡、锦鸡、娃娃鸡、松鼠等更是随处可见，简直就是一个野生动物园！

我们生产队的火地在一个低洼处。所谓火地，就是以破坏生态为代价（这在那个强调"民以食为天"的年代，我个人以为确实是无可奈何之举），先将成片的树木砍倒，待到枝条干枯之时，连同覆盖于地上的枯枝落叶和地表腐殖质等一起点火焚烧之后，再用锄头开垦被火烧得疏松裸露的土地，使泥土和灰烬混在一起，于春天到来之际播撒下春麦、油菜等种子，待春雨滋润土地之后，种子就会发芽，在灰烬、松土等天然肥料的作用下，生长直至成熟——这其实就是刀耕火种、靠天吃饭的时代典型！

我们到火地收割的任务虽然也很简单，就是用镰刀割下春麦的麦穗，用口袋装好背回队上，在晒场晾晒后用连枷打出麦粒，但即使不考虑离家之后，在一个离水较远、地处山坡的棚子里生活之不易，就是收割本身也是很辛苦的：火地干燥无比，在太阳照射下口渴难耐；火地里留下了很多没有烧尽的树干和丫枝，上面全是炭黑，人一接触，脸上、手上、衣服上全都变黑，汗水淌下，脸上白一漕黑一漕的，变得面目全非，滑稽无比；火烧过的坡地上，荆棘丛生，人一趟过，轻则划破衣裤，重则割伤手脚或面部，汗水一浸，疼痛难忍；春麦麦芒特长，容易刺人，穿行其间，手、背、脸上难免"挂彩"；在陡峭的山坡地上劳动，人不易立足，割麦穗需要不停弯腰，一天下来，腰酸背痛。正因如此，偷懒之人总找借口逃避上山劳动，而我们这一批年轻人就不得不"奋勇上山"了。

当然，在山上收割，也有不少乐趣。

我们的住所，是用临时砍来的树木搭建的棚子，上面以丫枝覆盖，再压上一些麦草、油菜秆；棚内一方以树条并列拼架，上面铺上麦秸杈当床铺，真可谓"卧薪尝胆"；另一方靠棚外处挖个坑作为火炉，再把带上山的铁制"三角"（或以三个石头成三角形摆放）搁放其间，上面放上鼎锅，白天可以做饭，晚上可以边烤火边熬马茶喝。在这样的棚子里住，晚上，透过顶部缝隙，明亮的星星依稀可见，别有情趣。但遇到天下大雨，就会外面下多大雨，里面下多大雨，只要外面雨停歇了，我们就得趁着棚上还在滴水之际，赶紧晾晒被褥，否则晚上只有在火炉边"凉拌"烤火过夜。

山林间的吃食是再简单不过的了。当地时兴吃两顿。大家会用热水搅和玉米面，或用冷水搅和加入适量苏打粉的麦面，揉做成饼状，放在青冈木火灰中翻来覆去烧烤，不一会儿就会散发出令人嘴馋的香味，那就是作为我们主食的玉米或麦面烧馍馍。吃饭时，就着酸菜汤或盐白菜汤，或在架起的锅中以开水搅拌玉米面，再放进少量圆根酸菜成为汤汤（北方称玉米糊），喝上一碗或两碗，再吃点馍馍，也可算一顿。吃菜要困难些，主要是从山下带来的，之后，则要采集些包括刺笼苞、鹿耳韭等野菜，或煮或炒或凉拌，其味道还真是不错。吃饭之时，大家在火炉边围成一圈，馍馍、菜都摆在那里，可以吃自己的，也可以各取所需，不分彼此，这种"共产主义"式的生活，至今回味无穷。

山林深处间的清晨来得早。天刚蒙蒙亮，四周山间就会回荡起众多鸟儿呼朋唤伴的鸣叫声，或高亢嘹亮，或低沉婉转，或清脆激越，或长声悠扬，置身其中，简直就像是在欣赏一个大乐队的合奏，令人心旷神怡。天一亮，女性们和能背水的男性会按轮次，分批到深沟里以木桶背水。

长久以来，金川乡下人因地形所限一般没有挑水的习惯，而是以木桶背水。圆形的水桶上大下小，大多以柏木板做成，以柏树枝条箍桶。背水人灌满水桶，放在与人腰部等高的台子上，在臀部放上一个藤条编成的圈子垫上，弯腰将桶底沿压在其上；背水人再以一条用羊毛线织成的桶带作为背带，勒在水桶上部和人的前胸，抬头挺胸、上身前倾，让桶与头部保持一段距离，以确保人站起来时能保持水桶里的水与桶的上沿平行，人则须迈小步行走并保持臀部不大幅晃动，如此，加之将水瓢放在水面，桶内的水就绝不会溢出。平路都如此，要从山底下的沟里背水到我们住的棚子供一天之饮用，背水人会有多么辛苦可想而知！不过，早上背水也有河坝不曾享有的乐趣，我就曾多次陪同他们前往背水。此时山林里空气十分清新，那展翅的鸟儿、流淌的溪水、缭绕的薄雾、晶莹的露珠、掩映的绿树和弯曲盘旋的林间小道，构成一幅美妙绝伦的立体风景画，其意境给人以游走于"仙境"的幻觉，让人顿生缥缈美妙、怡然惬意之感受！

晚上无聊，睡在山梁棚子里的女性们和睡在洼地棚子里的男性们，会情不自禁地"隔山"对起歌来。对歌是金川人的拿手好戏，其歌词押韵诙谐，内容丰富，既有情歌，又有叙事之歌，而打连枷之歌则对节奏有严格要求。那韵律虽不甚合乎五音之规，但耳听其在暮色苍茫的林间空谷中回旋，解读其传递的音乐语言，还是给人以愉悦。或说笑话，当然也会有挑逗戏弄之词，故而常常惹得大家捧腹大笑。在此看守麦地的村民代大爸出生于马尔康县白湾乡的石广东，他藏话说得很流利，常和同样会藏语的社员王某等"隔山"插科打诨，还教我们说藏语，当然主要是一些骂人的话和简单的日常用语。我之所以至今能说几句嘉绒藏语，也能听几句藏语，就是当时从代大爸那里学来的。那些日子的漫漫长夜，大家差不多都在这样欢快无拘的氛围中度过，并在一种原始的满足之中进入梦乡，迎来新的一天的黎明！

代大爸还是个老猎手、好猎手，放猎狗打獐子、老熊、马鹿是他的本行。因此，偶尔，我们也会裹上绑腿，扛上猎枪，跟着代大爸穿过刺丛，来到青冈林中打白马鸡。但往往傍晚凭借其叫声分明看清了鸡群的栖息处，但在漆黑的夜晚前往，要么找不到路，要么不见踪影，要么过大的"动静"惊飞了鸡群……反正一次也没能得手。不过在天黑之前的途中总有打到兔子、野鸡、娃娃鸡的记录，让大家得以改善生活。

应该说，李海山收割春麦，是我在金川县新扎沟口当农民期间经历时间最长、感受体验最深、与大自然最为亲近的唯一的"青山"之旅。如今回味，仍令人神往！

需要言及的是，其间，金川县、庆宁乡的党委、政府也给了我改变命运的不少机会。1964年5月，我参加了城关区组织的农村植物保护人员培训。1964年，乡上要我到6公里三队的小学校当民办教师，因家人不同意作罢。1965年3月18日，时任金川县计委，后曾任州委常委、阿坝州人民政府常务副州长的李绍华（该同志自此和我关系一直很好。记得1991年夏季我出差成都，返程在米亚罗因塌方受阻，李州长知道后，专门嘱咐其秘书、我在庆宁中学教过两年语文的学生牟卫东，在勉强可通行后即叫上我的车紧随其后，在警车开道下返回马尔康）、肖道坤同志，带着招工登记表，通过庆宁乡政府找到我并说明来意：阿坝州要修汶川下庄电站，在全州范围内招工，县上推荐你去，若愿意就填表。我填了表，但在"意向栏"明示：只愿从事汽车驾驶、电站内运行工作，如是外线工作，则不去。不知是这样的态度使然，还是其他原因，反正后来未能成行。这一方面说明我当时"心气"太高，也很幼稚，若出自"脱农皮"的愿望，本应先走出去再说的。不过，另一方面，这也为我后来改变自身命运，在阿坝州教育界作出贡献预留了空间，就此而言，这种选择无疑不错。1965年5月7月，乡上还安排我参加了金川县农业技术员培训。

1965年10月，中共庆宁公社党委决定：调我到近邻的四大队当了大队会计。

行文至此，需要多说几句的是：作为大渡河梯级电站之一而筹备多年、大坝就选址于新扎沟口猴子岩白人菩萨下方、装机容量为86万千瓦的金川电站，已经于2018年正式开工建设。之前，新扎沟口的居民已经全部搬迁至沟内1公里处的杨梭梭地重建。沟口的所有土地、果木已被修建方作价买断，要么一次性支付现金，要么作为电厂修建的投资按年分红，并于2019年履行了手续。占地面积不算很小的新扎沟口，现在已经成了修建工程的重要后勤保障基地。2021年中，第一条贯穿日旁梁子的泄洪洞已经建成，大金川江的"截流"已指日可待。待工程竣工后，大金川江自崔家河坝以上会出现"高峡出平湖"的壮观景象。届时，强大的电流会借助正抓紧架设的超高压输电线路，源源不断地输往成都、重庆乃至华东、华南地区，为伟大祖国的经济社会建设注入不竭的动力，造福于国家和人民。前文所记叙的新扎沟口，自然也就只有凭借文字、图片镌刻在人们的记忆里了。

正因如此，自己要借此机会，无限深情地再道一声：助我成人、成家、立业的第二故乡新扎沟口，我爱你！

（刊载于2022年《阿坝文艺》春季刊）

岁 月 回 响

讲 述

危急时刻见精神

——蒲一宁、韩兵见义勇为抢救落水女生小记

1989年7月6日中午,阵雨之后的卓克基天高云淡、气候凉爽。马尔康民族师范学校内,在葱郁的柳树下,在鲜花盛开的生物园里,三三两两的学生正手捧书本复习功课;琴房里,不时飘出悠扬的旋律——整个校园显得格外静谧有序而又充满盎然生机。

14时许,一声"有人落水了,快救人啊"的呼喊惊动了校园。霎时,正在午休和学习的师生员工不约而同地循着喊声,奔向河边。原来,八八级三班女生蒋玲在河边洗衣服时,因突发头晕,不幸落入梭磨河中,生命危险!

时间就是生命!"快找绳子!快到下游堵截!"就在师生沿河边跑边焦急地寻找救助的合适地点和妥善办法时,一位戴眼镜的男青年已从寝室对面的过道疾步冲出……

"注意!危险!"人们提醒的话音未落,只见他目光飞快地向上游一扫,便"扑通"一声跳进波涛翻滚的河水里。虽然时值盛夏,但陡涨的梭磨河水仍然冰冷刺骨。一时,汹涌的河水在他的腰部激起层层浪花,冲得他瘦弱的身子东倒西歪,每前进一

步,都那样艰难,都经受着生与死的考验!一步,两步,三步……说时迟,那时快,但见他猛地扑了出去,终于在中流边际抓住了随波冲下已经昏迷不醒的蒋玲,并在另一位身穿藏装的男青年的帮助下,将蒋玲送至河边,在师生协助下扶上河岸。

蒋玲脱险了。一场严重的事故避免了。在场师生呼地一下围上去,望着因浑身湿透不住哆嗦而更显文弱单薄、筋疲力尽地坐在岸边、一边揩着摘下的眼镜上镜片的水珠一边抚摸着冻得通红的腿上那被河底乱石撞得青一块紫一块伤痕的勇士——八七届大学毕业后奔赴地处川西北高原的青年教师蒲一宁,望着扶着河堤大口喘气的八八级一班藏族学生韩兵,忆起刚才那惊心动魄的一幕,大家的心头滚过一阵激动的热浪,禁不住由衷称赞他俩在危急时刻显现出的见义勇为的高尚精神,感激钦佩之情油然而生!

马尔康民族师范学校于7月10日下午召开大会,对蒲一宁和韩兵予以嘉奖,并号召全体师生向他俩学习。学校领导宣布上述决定的话音刚落,会场上便响起了经久不息的热烈掌声——这掌声,既足以说明其事迹精神感人至深,也足以令利欲熏心、不顾仁义者汗颜!

(刊载于1989年8月12日《阿坝教育报》,荣获1989年度阿坝州教育新闻评奖通讯一等奖)

阿坝锅庄倾倒中外游客

——威州民族师范学生在世界乐园表演藏羌锅庄追记

位于成都市西郊的世界乐园，荟萃了世界著名风景108处，其建筑布局精巧、千姿百态，被誉为"中国西部人文旅游景观之最"；每天晚上举行的世界民族艺术大游行及风情狂欢，更因其气势磅礴、五彩缤纷及浓郁的异国情调而吸引大批游客流连忘返。但是，在1995年4月10日晚上的狂欢中浓墨重彩地渲染出别具一格的美丽风景，引起了一场名副其实的轰动，并进而兴起阿坝热的，却是由威州师范旅游专业班见习学生表演的足以展示出撼人心魄的川西北高原艺术风采的阿坝锅庄！

当日下午，狂欢之夜将有锅庄表演的消息就不胫而走。于是，暮色尚未笼罩大地之时，英雄广场上就已经是人山人海。

激动人心的时刻来到了。"下面请来自雪山草地的阿坝州威州民族师范学校旅游班学生为你们献上藏羌锅庄！"主持人的话音刚落，身穿鲜艳民族服装的40名学生便被暴风雨般的掌声拥进了被聚光灯照得如同白昼的广场。这些来自阿坝州各县的藏羌回汉各族学生，作为78万能歌善舞的各族人民的代表，在悠扬欢快的锅庄旋律中翩然起舞了——阿东拉伊，依瓦邛邛，仁木察沙，沙拉西……小伙子们热情澎湃，摆腿、踏跳，动作雄健；姑娘们笑颊粲然，舒臂、旋转，舞姿婀娜。他们以奔放的情感、明快的节奏，展现出阿坝人的勤劳勇敢和淳朴豪放，显示出大山儿女的高远志向和博大胸怀。他们，用美丽的服饰、舒展的动作，诉说出演绎于高原热土的无数个动人故事，讴歌那扎根于人民之中且闪烁着璀璨光辉的民族艺术！中外游客开始屏息欣赏，如痴如醉；继而眉飞色舞，跃跃欲试；再则一拥而上，和威师学生一起和着节拍忘情地跳了起来。圈子迅速扩大，几百人，几千人！此时此刻，外国人、中国人、内地人、山里人，来自不同地域的游客都在欢快的旋律和奔放的舞步中接受民族文化的熏陶。数千人同舞同乐，其场面蔚为壮观，实在令人为之动容！作为阿坝州文化艺术载体之一的藏羌锅庄得以在川西平原一展风采！

纵情的舞蹈，使得参与者忘却了时间的流逝。当曲终舞罢之时，众多的中外游客仍手舞足蹈、意犹未尽。他们纷纷围住威师学生，询问阿坝州的大山、草原、九寨、黄龙，了解雪山草地的经济、文化、风土、人情。游客们都异口同声地发出由衷的赞叹："阿坝锅庄真是太美了！"

（刊载于1995年5月12日《四川民族教育报》，1995年5月18日《阿坝报》）

火红的青春在锤炼中闪光

——电视片《我也是一个兵——威师军训纪实》解说词

阿坝州门户汶川县威州镇,三山竞雄,二水争流;巍峨姜维城下、滔滔岷江水边的四川省威州民族师范学校,建筑鳞次栉比,校园整洁幽雅。在秋风送爽、硕果飘香的美好季节里,树木葱郁掩映,花儿争奇斗艳,教师辛勤工作,学生刻苦钻研,室内书声琅琅,课外欢歌笑语,一派盎然生机。

就在此时此地,来自藏乡羌寨的726名学生,圆了自己的军人梦!他们在被热烈掌声和热情欢呼拥进校门的24名微笑中蕴含刚毅、英俊中透出豪放的教官的指导下,在军训的大舞台上演出了一幕威武雄壮的《我也是一个兵》的活剧!

对大中专学生实施军训,是培养"四有"新人的重要措施,是学生社会实践的重要内容。这次全州迄今规模最大的学生全员军训,就是威州民族师范学校为了进行爱国主义教育,提高学生的军政素质,激发学生的上进热情,严明组织纪律,强化养成教育,为实现"从严治校,三年达标"的目标苦练管理"内功",请汶川县武装部进行的。

军训得到阿坝军分区江木参司令员的亲切关怀,汶川县党政领导亲临学校，对搞好军训寄予热切的期望；汶川县武装部和威师校制订了切实可行的训练计划，抽调了军政素质高的干部战士任教官，组建了大队和连排，为确保军训成功而进行了精心的准备。

1994年9月7日下午召开的动员大会，吹响了军训的号角，拉开了军训的帷幕！于是，满耳是威武雄壮的口令声，满眼是潇洒大方的迷彩服，校园变为军营，学生成了士兵！

军训是一座大熔炉，所有参训者都无一例外地在其中经受锤炼。

出操，准时迅速，要求做到快、静、齐；吃饭，排队唱歌，围着圈席地而坐；教官讲解，理论联系实际，示范准确，学生全神贯注；纠正动作，严格而又耐心，一丝不苟，学生依令而行。雨水中，任由汗水和着雨滴湿透衣裤，不许皱一下眉头，训练依然进行；烈日下，听凭酷热伴着疲劳阵阵袭来，不得有一点懈怠，队列照样严格整齐；踢正步，尽管腰酸腿痛，动作必须到位；练打拳，无论一招一式，精力必须集中；持枪训练，讲究动作连贯，绝不准拖泥带水；内务整顿，强调规范整齐，教官手把手地教，学生认认真真地做，让划一的方块、明快的线条、和谐的组合和洁净的空间，奏出寝室文化高雅清新的韵律，努力让良好的生活习惯、劳动技能在千万次重复中形成……参训学生就是凭着坚韧的毅力，如此日复一日地按照条令条例过正规的解放军连队一日生活制，在教官的悉心指导和严格要求下，以兵的建制、兵的纪律和兵的生活，去培养军人作风，去塑造军人形象，也去体味咬紧牙关战胜自我、让火红的青春在锤炼中闪光后的自豪与欢乐！

会操是总结，是激励，也是考核。官教兵，是解放军的光荣传统。这些来自军分区和武装部的教官，正以整齐的动作、威武的军容，在大队长李帮国的口令中为学生示范，各个连队相继上场，左右转向，队列变换，摆手抬腿，齐步行进，接受严格的检验。意志，就在这再坚持一下的努力之中累积；动作，就在这借鉴比较中规范；队形，就在这不断重复的磨合中严整……军训的成功，也正是军人与学生在默契配合、团结拼搏中挥洒的汗水的结晶！

军营管理十分严格，军事训练艰苦紧张，而军训生活又是那样的丰富多彩！

三餐之时，《军训之声》传来播音教师的亲切话语；两天一版的《军训生活》小报和各连队轮流出版的黑板报准时和师生见面。它们及时传递出军训场上的信息，讴歌参训师生和教官吃苦耐劳的精神，反映五彩缤纷的军训生活，展现学生兵的英姿，给人以巨大的鼓舞！

篮球比赛在训练间隙紧张地进行着。场上队员龙腾虎跃、奋勇争先，场下官兵深情投入、呐喊助威。那"加油"的呼喊，那喜忧的流露，令人忘却了摸爬滚打后的劳累和困乏。

拉歌这一军队老传统也被学生接了过来。连队之间，你来我往，各不相让。那回荡于校园的节奏分明而又不乏诙谐的阵阵呼喊和此起彼伏的嘹亮歌声，既迸发出青春的活力，又饱含着高尚的集体主义精神的情怀！

参训师生在紧张的训练中度过了第十个教师节。学校党委和行政的慰问信，表达了对人类灵魂工程师的崇高敬意；军民联欢晚会，则把庆祝教师节活动推向了新高潮：军人学生一起登场，唱起了悠扬的歌儿，跳起了欢快的藏羌锅庄……这歌声，这舞步，表达了军民亲如一家的鱼水深情，也抒发了威师儿女奉献教育、情系家乡，为雪山草地托起明天的太阳的壮志豪情！

9月14日下午，参训学生英姿飒爽地列队在威师操场上，准备接受汶川县、威师校和县武装部领导的检阅，要将军训的丰硕成果向党和人民汇报。

军旗猎猎，随风飘扬，五星"八一"，闪烁金光。那用无数革命先烈鲜血染红的旗帜，在两名紧握钢枪、昂首挺胸的女兵护卫下，从严整的队列前通过，参训官兵目光炯炯，向庄严的军旗致敬。

阅兵开始了。各位领导在雄壮的阅兵曲中健步走向排列整齐的绿色方队。

一声"同志们好"，凝聚着党和人民对未来教师的亲切关怀；"首长好"的呼号高亢响亮，它是未来教师对党和人民感激之情的由衷流露。

一声"同志们辛苦了"，似甘甜的清泉沁人心脾，是对参训官兵的爱护；"为人民服务"的呼号在操场上空久久回荡，它分明在述说受阅学生的衷肠：有党和人民的关怀爱护，我们的青春在火红的军训生活中闪光。我们一定要自觉磨炼意志，掌握教书本领，毕业后为发展阿坝州的民族教育事业贡献力量！

分列式即将开始。四名标兵肩扛钢枪，跑步到位，布置警戒。

指挥员一声令下，象征着强劲生机与活力的绿色方队，在雄壮的乐曲声中动了起来。

排在队伍前列的教官动作雄健，一身英武。他们，克服困难，在军训中付出了辛勤的劳动。此刻，他们带着收获的喜悦与豪情，与学生一道，要将一幕悍勇与威武、坚毅与刚强的场景展现在眼前。

"八一"军旗作为前导，率先通过主席台。

第一方队过来了。同学们军容严整,气宇轩昂。那自然摆动的双臂上下翻飞,划出道道白色弧线;那惊天动地的呼号,沉稳有力的脚步,使你顿觉有一股神力在浑身游走!

　　第二方队向主席台走来。那庄重的神情,那排山倒海的气势,无不透露出经过刻苦训练后迸发出来的摄人心魄的力度和豪情!

　　枪刺闪光,枪身乌亮,第三方队正通过主席台前。他们,力求以引人注目的军人气度赢得人们关注。握枪,劲健雄豪;扬头,刚毅自信。那白色的手套在胸前腰部连成条条直线,镶嵌于绿色之中,分外醒目;那"嗒嗒"的脚步声和威严的口令声,交织成一首飞动的交响乐,令人热血沸腾!

　　第四方队过来了。小伙子们那饱满的神情似赳赳勇士,透出阳刚之气;那炯炯的目光,似熊熊烈火,燃烧正旺。那目光和神情,是对人民无限热爱的挚情的凝聚,是决心报效祖国的豪情的显现!

　　前伸低压的帽檐遮不住姑娘的灵秀,稍显宽大的迷彩服更显女兵特有的风度。在训练场摸爬滚打中表现出惊人毅力的女兵方队正通过主席台前。那严整的队列,那张合有度而又不乏阳刚气韵的举止,向人们展示了女师范生雄放的气质。她们那坚定的目光仿佛是在述说:之所以我们的队列多次受到军训大队的表扬,是因为我们以姑娘特有的专心,将心血完全倾注于训练之上!

　　第六方队过来了。那刚毅的神情,那豪迈的脚步,早已荡尽了温柔与娇羞,那整齐嘹亮的口号,那勇往直前的气势,分明是在昭示:巾帼不让须眉!

　　第七方队过来了。神情,庄重严肃;动作,协调连贯。抬腿迈步,宛如泛起层层绿色的波澜,给人以美的享受!

第八方队正在通过主席台。动作整齐规范，呼号高亢激越。那抖擞的精神，洋溢着军人的豪迈；那严整的队列，映现出当代中师生的风采！

紧接着进行的是汇报表演。

第一个出场的是一、二方队，他们将进行军体拳表演。"成表演队形"的口令一下，方队顿时运转起来：队列行进，分合有度，"流水作业"，气势磅礴："嗨嗨"的吼声，如雷贯耳；躲闪腾挪，应付自如；弓步冲拳，重若千钧；马步横打，气势如虹；交错侧蹋，勇猛无比；转身别背，一气呵成。这一招一式，都是教官的心血凝成；这得体举止，全是苦练的结果。

第五方队正在表演功夫拳。女兵们个个身手矫健，招式确见"功夫"：起势，稳如泰山；出拳，疾如闪电；挥掌，呼呼有声；过招，衔接如扣。拳劈手撩，肘击腿踢……90名女兵用当行的技巧和昂扬的斗志告诉人们：脱下红装穿军装，姑娘也是英雄汉！

第三方队的刺杀操表演正在进行。枪刺寒光闪闪，杀声震天动地。双眼迸射出逼人的目光，手上汇聚起千钧力量。那整齐划一的动作，那置敌死地的气势，就是对敌人的严正警告：谁敢发动战争，坚决打他不留情！

第七、八两个方队表演的是军体拳。穿喉弹踢，似蛟龙出洞；上步砸肘，如猛虎下山；外隔下钩，出其不意；虚步砍肋，暗藏凶招；反弹侧击，出手不凡；击腰锁喉，攻其要害……姑娘们娴熟的招式，令人为之动容；克敌制胜的气势，透出不爱红装爱武装的女兵独具的风韵！

第四方队正在进行擒敌基本功表演。踢劈蹋打，动作干净利落，令人眼花缭乱；抓扣靠砸，出手迅不及掩耳，让人防不胜防。步步紧逼，招招凶狠，那压倒一切的气势，让人民放心，叫敌人胆寒。

最后表演功夫拳的是第六方队的全体女兵。她们，正以生龙活虎的踢打，为我们塑起飒爽英姿的女兵群雕像：弓步，似搭箭待发；砸拳，如泰山压顶；动作，犹如行云流水，不露破绽；气势，恰似江水奔腾，不可阻挡；喊声，犹如惊雷乍起，直冲霄汉。此时此刻，姑娘们并非只是在打拳，分明是在高歌一曲用闪光的青春和全部的心血谱写而成的雄壮豪放的《女兵之歌》！

八天的军训是短暂的，但回味此次军训，留给参训学生"我也是一个兵"的印象却又是那样清晰而深刻！军训是艰苦的，它使姑娘小伙子脸晒黑了，体重减轻了，腰酸了，腿疼了，流过不少汗，也洒过几许泪；但在这场意志的较量中，他们的体魄强健了，军政素质提高了，精神更加充实了，成为多能一专的合格小学教师的决心也更加坚定了！

总结大会上各位领导的充分肯定和热情鼓励，如暖流般在经受了苦练的全体学生心中久久涌动；那面授给武装部的"携手搞军训，同心育园丁"的大红锦旗，已经捎去了726名各族学生对教官们发自肺腑的感激；而大会上颁发的张张奖状和份份嘉奖，则永久地记下了这一批参训学生不平凡的人生经历：他们，曾经顽强拼搏在训练场，让青春经受了磨炼与摔打的洗礼；他们，曾经步履矫健地行进在阅兵场，为军训画上了完美的句号！而此时，他们要吐露的心里话是：我们将拂去征尘，带着军训的巨大收获，再回安静的课堂，继续遨游在文化知识的海洋；我们，来自雪山草地的威师儿女，决心以在学业上获得更大进步的实际行动，去笑迎亲爱的母校新的辉煌，让火红的青春闪光！

（刊载于1995年3月12日《四川民族教育报》）

危难时刻铸师魂

——威师校抗震救灾纪实

2008年5月12日,一个阳光灿烂、天气晴好的日子,地处三山竞秀、二水争流的威州镇的威州民族师范学校校园内,洋溢着祥和的气氛。突然,轰隆隆的声音从大地深处传出,天地在这一刻变色,大地疯狂地抖动,山崩激起的尘土顷刻笼罩了整个小镇,太阳没有了踪影,高山失去了轮廓,小镇在窒息的模糊中恐怖地痉挛,高楼、塔碑、公路、电力、通信、自来水——人类文明的成果在大自然的神威面前瞬间被扭曲、撕裂、摧毁!80秒强震之后,惊呼声四起……

时间定格在2008年5月12日下午2点28分——汶川特大地震发生了。

作为"人师的人师"的威师教职工和"未来教师"的威师学生,亲历了大自然带来的一场空前的严峻考验!

临危不惧　众志成城谋自救

灾难发生后的第一时间,尘土满面的学校党委书记、校长甘国栋,纪委书记陈利明迅速奔赴学校。此时,师生的安全是他们最揪心的牵挂。学校操场上,从教学楼、琴房、书画室、寝室中匆匆跑出的师生已聚集到操场中央,惊魂未定地紧盯着在余震中抖动的楼房,人群中惊恐的尖叫声不时响起。见此情景,二位领导迅速组织学校行政、班主任紧急集合学生,清点人数。很快有了清查结果——在校学生除一人受轻伤外,其余学生皆安全无恙……师生安全,令"一班人"松了口气。

此刻,余震不断,灰尘弥漫,师生惊慌,形势紧迫。为了积极有效地展开灾后自救工作,防止学生遭受第二次伤害,以甘校长为首的领导班子临危不惧、指挥若定,立即启动了抗震救灾紧急预案展开自救工作。一道道指令有序地及时发出且迅速变成师生的实际行动,成立以甘国栋为组长、陈利明为副组长的威师校抗震救灾领导小组,下设以副校长吴茂华为组长的安全保卫组,以政教主任昌维清为组长的学生管理组,以教务主任黄艺为组长的教学设备仪器管理组,以副校长宋斌为组长的后勤保障组。各小组根据临时管理机制立即投入工作:立即封存学校小卖部的食品和饮用水,决定由校长亲自批准方可向师生限量发放;立即盘点学校伙食团现有粮食、油料和燃料,由学校统一支配使用,教职工延迟吃饭以保证全体学生优先用餐;对学生实行分班定点管理,班主任及协管教师与学生同吃、同住、同睡,及时向学生宣讲有关地震及防震知识,积极开展心理疏导,鼓励同学们增强抗震信心,确保学生安全;班主任要尽可能地利用各种途经让学生与家长取得联系,学生有事离队必须履行请假登记手续;大力加强灾后卫生防疫工作,防止传染病的发生;切实加强安全保卫工作,组织师生24小时轮流值班巡逻,确保财产安全;所有教职工均要以学生安全利益为重,不得随意请假,不得擅离职守……

威师校灾后自救工作就这样紧张而有序地开展起来。

学校党委、行政坚强有力的组织领导让恐慌中的师生有了主心骨，大家的情绪逐渐平静下来，操场上慌乱的人群坐成了整齐的方队，部分身心疲惫的学生酣然进入梦乡。而此时，大地仍然在不停地颤抖……

时间在祈盼中消逝。夜晚，淅淅沥沥的小雨变成如注的大雨，伞，次第撑了起来。10点，第一批饼干和矿泉水发到师生手中，大家嚼着干粮，谈论起逃生时的尴尬，人群中开始有了爽朗的笑声。几部收音机不停地播放着最新消息，大家方知自己亲身经历的竟是一场堪比唐山的特大地震。震中：汶川映秀。震级：7.8。于是，师生无不感慨：劫后余生，我们真幸运！

震后，汶川县城断水、断电、断通信、断交通，成了一座陆上孤岛，四处堆积着厚厚的灰尘，散布着瓦砾，疮痍满目……这一切没有难倒坚强的威师人。13日凌晨，紧张的自救工作开始了：操场上的灰尘、瓦砾、垃圾、杂物被清除干净；厨房开始清理厨具，修复炉灶；一罐罐干净的水从热水器上扛下来；搭建简易帐篷；师生登记造册……大家齐心协力、同舟共济，教职工用实际行动为学生做示范，学生心怀感激而不甘落后。饿了，总有人送上分外珍贵的食物；渴了，总有人分出一瓶珍藏的饮水。特殊的环境里，一种特别的友谊在酝酿、发酵、传递……就这样，直到14日，第一支紧急供水龙头打开，第一批救济大米送来，第一碗热腾腾的稀饭捧在了师生的手上；15日，天空中出现了人们期盼已久的空投物资的飞机；16日，县上送来了49箱水饺；17日，34顶帐篷在操场搭建，所有在校师生有了简易住处；18日，第一车援助方便面运来，学校自来水管淌出哗哗的水流；22日，学校利用从青坡村买来的卫星天线和接收机开通了电视，师生第一次在校内让"再大的困难都难不倒英雄的中国人民"的振奋人心的豪言壮语的画面烙在自己的脑海，激发了大家克服困难、战胜灾害的决心和信心……

大家永远铭记，地震发生当晚，州人民政府副州长肖友才、汶川县委书记王斌来到威师，向学校领导了解受灾情况，对全体师生表示亲切慰问；5月22日、6月10日，州教育局局长郝士昌两次来到威师，亲切看望受灾师生，听取学校关于办学方案的汇报，明确表示阿坝州基础教育和师资培训需要威师，并对异地过渡办学给予了具体的指示；省教育厅厅长涂文涛委托6月1日到汶川出差的组织人事处处长杨成林专程来校向教职工转致亲切慰问，州纪委副书记朱大刚、州委副秘书长秦开金、州教育局副局长何元等也先后到校看望师生……这些，对积极开展救灾工作的全体师生是心灵的抚慰，更是莫大的鼓舞！

灾难，总是无一例外地给人们带来物质的损失和精神的创伤。然而，灾难之后的人类总是在顽强地进步，这种进步是技术的、物质的，更是人类精神的！在灾后自救的日子里，许许多多的威师人用自己的行动诠释、宣示了这个真理。

——学校党委书记、校长甘国栋，纪委书记陈利明在地震带来的灾害面前没有讲任何特殊。5月13日，他们将为数极少的6顶救灾帐篷全部分配给了学生，自己和家人则在透明薄膜搭建的简易棚的边缘上坐了三天三夜；20余个日夜里，他们始终和师生同吃、同住、同劳动——他们身先士卒（与王春、杨桂林、崔仁益、钟永强、王泽顺、贾贵深、高庆、余列、王剑等教职工一起）淘粪池、搬物资、查安全、守财产；为了安全、及时地疏散学生，他们积极主动向州、县抗震救灾指挥部汇报请示，顶着炎炎烈日八方联系，多次到车站守候派车辆，往往一等就是几个小时；各地政府派车来接学生，不管是早还是晚，他们都亲自把学生送到门口；每送走一批学生，他们都要给剩下的学生谈话，安抚学生的情绪，直至6月1日清晨茂县学生最后一批离校平安返家。他们，用自己的实际行动感动着师生、激励着师生、凝聚着师生。

——政教主任昌维清的妻子、儿子当天就在震中映秀，生死未卜，但他始终强忍悲痛，坚持管理学生。

——办公室主任文思建于"5·12"当天出差到马尔康开会，当得知汶川在地震中严重受损的消息后，对学校、学生的挂念促使他冒着沿途山体大滑坡的巨大危险，从古尔沟冒险行走50余公里赶回学校。来不及休整，便投入了抗震自救的工作中。

——保卫科长王泽顺为了管好师生的吃喝，在有限的条件下，尽力做好饮食及物资的分发工作，常常是自己饿到最后，连稀饭也没有喝上一口，晚上还照常值班。

——司机徐敬德是一个干练的汉子，地震后连人带车被县政府"征用"，常常冒着生命危险在余震中给灾区人民运送物资。此外，他还给学校运水运粮，送学生回家。他以此为责，毫无怨言。

——政教处主任助理钟永强身背喷雾器，带领校园志愿者每天多次清扫校园，喷洒消毒药剂。政教副主任谭蕾并未因自己是个女同志而退却，始终坚守在学生管理的第一线。政教处副主任杨桂林自学生疏散开始，就不分早晚"连轴转"，为每个学生安全返家而尽心竭力。

——为了激发同学们抗震自救的昂扬斗志，罗成凤同学向学校领导提出以集中张贴心愿小纸贴的方式鼓励大家的请求。甘国栋、陈利明、吴茂华、宋斌等学校领导以及许多师生都写下了自己的话语,鼓励同学们增强抗震信心。张张小纸片中写下"福祸虽无常,人间有真情""困难是暂时的,前程是光明的"等极富哲理而又催人奋起的话语,引来记者和过往行人驻足,给在校的医生、病人、解放军战士和师生留下了深刻的印象。

——青年教师杨静踏实肯干,哪里有困难就一定会出现在哪里。自5月14日起,他就与马丽同志一起负责师生的就餐管理,虽因事务繁杂而经常忙得饭也吃不上,仍一如既往坚持原则,任劳任怨地坚守在岗位上。

——为及时向学校领导报告茂县凤仪小学实习小组灾后情况,实习指导教师周权临危受命,冒着不时飞滚的山石徒步从茂县回到学校,报告了师生平安的消息。

这样的事例举不胜举。尽管他们的身份、职务、性别、资历乃至平日的表现各异,但是,当一场突如其来的大灾难袭来之时,他们都无一例外地用自己无言的行动,彰显了人性的本质!

"学高为师,身正为范"是对师范性质的诠释。威师校的师生在抗震自救之中的出色表现,崭露了"两代师表"的风范。

舍己为人　顾全大局忙救灾

5月12日,强震后不久,严重受损的汶川县医院已无法正常开展工作,指挥部决定在我校设立临时医疗救助站。帐篷还未搭起,一个个在地震中受伤的伤员就在救护车凄厉的警报声中被忙乱地送进了学校操场,殷红的鲜血、痛苦的呻吟、急切的叫喊揪痛着全校师生的心。赶快救护,立即输液!但由于条件简陋,伤员只好直接放在地上,更为要命的是没有挂液瓶的地方。"快,快,我们急需志愿者。"医生的请求就是命令!学校赓即组织学生参加志愿者队伍,参加伤员抢救。张绍华、王涛、杨卫东、何雪龄、王军岚等120余名学生毫不犹豫地将红领巾扎在手臂上,加入了这个无须审批、无须宣誓的特殊的志愿者行列。他们,有的高举盐水瓶,让宝贵的生命之液顺畅地注入奄奄一息的躯体,一个小时,两个小时,一个累了,另一个接上;有的一站就是一两个昼夜;有的等救护车一到,就主动上前帮助医生抬放伤员;有的主动看护没有亲属护理的伤员;有的帮医疗站搭建帐篷……下雨的时候,他们宁愿自己淋着,而给伤者撑起一片无雨的天空。

余震刚过,就有一个妇女在人墙的护卫下做了剖宫产手术。送入帐篷后,医生刚说完需要护理,就有几个女生跑过去,一直护理到几天后她的家人来到。

有一位腰椎断裂的女伤员,清醒后因痛失爱子悲痛欲绝,几次拔去针头拒绝救治。是我们年轻的学生们用他们并不成熟但饱含深情的话语劝慰她继续医治。还有几位拿吊瓶的同学,他们是那么虔诚地企盼着医生一定留住伤者的生命,但几个小时过去,当医生宣告他们积极参与救助的伤员已永远失去生命时,无言的泪水顿时夺眶而出……

艰险的日子里,这群志愿者手臂上的红领巾,成了人们视线里最靓丽的风景。有的同学直至半个多月离校后才解下来那象征奉献与希望的标志。

当救灾物资源源不断地运到汶川时,威师校又成了卫生防疫药品的集散地。师生齐心协力打扫、清空教室,用于堆放药品。每当有物资运到,无论清晨还是傍晚,王春等领导、老师、学生,总是自发地参加卸车的劳动。"众人拾柴火焰高",大家抱的抱、扛的扛,十来吨的物资一会儿就搬下了车。送货的司机、武警战士和管理人员无不对此赞不绝口。

5月12日，我校2003级专科班168名毕业生正在威州小学、威师附小和茂县凤仪小学进行教育实习。强烈的地震发生时，杳无音信的实习师生成了甘校长心中无尽的牵挂。不久，从实习学校有关领导和实习指导教师捎回的口信中，从他们赞不绝口的语气中，甘校长得知了实习师生平安的消息，并为他们不辱使命的突出表现而深感欣慰。

地震发生时，威师附小实习队师生正在操场准备下午的见习。地动山摇之后，烟尘弥漫的那一刻，带队的欧光琳老师冲到威师学生公寓，去招呼还在那里的实习生。在附小的实习生赶紧护卫身边惊恐万状的学生，安抚哭闹的孩子，将他们保护在学校操场中间的"安全地带"，直到家长将他们一个个安全接走。当指挥部要求灾民转移到姜维城时，罗毅同学将部分没有被家长及时领走的小学生安全转移到姜维城山上，并在风雨中整整守护了一夜，直到第二天孩子们被家长全部接走才返回学校。

茂县凤仪小学实习师生在地震发生后，协助指导教师及时地将到校学生转移到操场中央，并手拉着手地将学生呵护在中间。有孩子哭闹的，他们就将其抱在怀中轻声安慰，直到家长们将他们接走。有一个孩子两天多都没有家长来接，一直都由实习小组悉心照顾。在自救互助的日子里，所有同学都积极行动起来，搭建帐篷、搬煤、做饭，协助凤仪小学管理住校生，有些还加入了政府组织的志愿者行列，做自己力所能及的事情。

在威州小学实习的学生在大地震来临时，在杜鹃等带队老师的组织下，都以自己的方式护佑着小学生，义无反顾地承担起保护小学生的责任——古隽茜等女同学以自己弱小的身躯把小学生护在腋下；王文军、苏朗基在震后与原班主任韩兴萍老师陪几个学生在姜维城住了一夜,第二天送走小学生后才回到学校;杨晓明则是一个极端的个例,当强震不断、楼道拥堵之时,情急之中的他夹着两个小学生从二楼跳下,万幸的是脱险的三人无一受伤。

所有在外实习的学生,他们仅仅见习了半天。惨绝人寰的地震灾难,令他们走上讲台的梦想实现的时间被推迟,使他们的实习经历和实习成绩几乎是个空白,但是,他们在灾难到来之时表现出的"以学生为本"的观念和临危不惧、舍己救人的精神,和1998年毕业于威师校、在此次大地震中以身殉职的汶川映秀小学的张米亚老师一样,都彰显了教师崇高的职业道德,也向关心自己成长的党、政府和全州各族人民交上了一份沉甸甸的特别的实习成绩单:他们,不愧为合格的实习生。

在抗震救灾那令人刻骨铭心的日子里,师生们经常哼唱起"姜维城巍峨岷江水长,威师儿女来自藏寨羌乡……全面发展,学有专长,为亲爱的母校增添无上的荣光……"的《威师校歌》。虽然,大地震令母校的房舍损毁、故乡的山河变容,但撼不动威师人对教育的执着、对家乡的热爱。"两代师表",在山崩地裂的灾难中,以自救和救灾的实际行动,共同彰显了敬业爱岗、无私奉献、顾全大局、舍己为人的"师之魂",既向关爱自己的党、政府和80多万藏羌回汉各族人民捧上了一份满意的答卷,更以如椽大笔在威师校底蕴厚重的校史上写下光辉的一页!

2008年6月10日
(于避震帐篷)

(执笔:甘国栋、杨桂林、崔仁益;刊载于2008年阿坝州教育局《阿坝教育信息·抗震救灾专刊》第38期)

岁月回响

在宅家防控的日子里

——抗疫纪实之一

2020年新年春节前后，一场疫情突袭中华大地。这是新中国成立以来传播速度最快、感染范围最广、防控难度最大的一次重大突发公共卫生事件——防控新冠肺炎疫情。

我们家庭有着每年腊月三十日举家"团年"的好传统，大家也都将这家庭聚会视为承载优良家风、家教、家训的传承，践行"家和万事兴"的理念，切身感受家人欢聚时那喜庆祥和的热烈氛围，共同表达祈盼吉祥幸福生活的美好愿望的珍贵活动平台！故而，我们一家人于2020年1月24日15：00聚会于儿子居处花照后街拐拐尚餐馆的如意厅大包间，吃农历除夕的阖家团圆饭。

席间，我简单致辞，回顾了2019年一家孙辈的学业进步、喜事连连，如佩璐考上云南财经大学硕士研究生，媛婷考上西南财经大学金融专业；展望了来年，祝愿元琦考上好大学、好专业，杨珍能考上汶川中学高中！祝福全家在新的一年里成年人事业有成，孩子们学业进步，一家人幸福吉祥、万事如意！

之后，大家举杯敬酒，举箸吃菜，"争抢"微信红包，畅叙家人情怀，分发给孙辈压岁钱，整个场面温馨祥和、喜庆热烈！

鉴于清晨即知"武汉已经封城,四川防控已提升至最高等级",来时亦见红光大道"车马稀",我们便抓紧时间结束家宴,匆匆启程返家,并由此开始了长达数月的严密防控新冠病毒传播的日子。

按说,我们的见识堪称多而广,曾亲身经历过2003年3月的抗击"非典",也接受过2008年"5·12"汶川大地震的抗震救灾,以及之后率1000多名师生员工远赴江油师范学校"异地办学"的严峻考验,但自当日开始的这次抗疫范围之广、防控难度之大、波及人口之多、涉及行业之众、影响"溢出"之巨、"防控"时间之久,则属前所未有、出乎意料!

记得几乎与武汉"封城"同时,四川省人民政府果断将应对等级提高到一级,成都地区自2020年1月24日起,即进入以隔断社区传染源为主要目标的居家隔离防控模式;自29日管控升级,社区关闭了大门。一时间,日常生活、工作等仿佛按下了"暂停键"——我们居所高新西区(现成都市高新区西园街道)上锦颐园社区及其周围,店铺全部关门,路上空空荡荡,四周宁静得出奇,缺乏生气;尚锦路上,一人难见,车水马龙不再。

不过,对于我们这些退休者而言,前述之抗疫之难,耳闻甚多,目睹则只能靠电视等传媒;而力所能及且必须做到的,就是"宅居小家、贡献大(国)家"。这,自然也就完全改变了我们的出行打算、生活方式、生活节奏和工作安排。

我们的防控

在此期间,我们一直宅在家里,严守"戴口罩、勤洗手、多通风、不出门"的防控要诀和基本要求。

上锦社区管理规范，严密防控疫情；居民也严以律己，区内一直没有出现过疑似病例和确诊病例。

1月24日早上方闻知"口罩难求"信息的我，赶紧出大门以每个15元的高价，买回药店仅有的2个带有"自吸过滤式防颗粒物呼吸器"的口罩——好在连续多日都未出过门，尚不成为问题。

2月初，儿女们千方百计托人给我们送（寄）来了口罩，足够我们外出使用；5月23日，孩子们又给我们带回一些急需药物，以及一包防疫口罩。这，使本就极少出门的我们心中有了"底气"。

自2月7日起，坚持每天早晚各自测一次体温。

我们坚持做好室内清洁卫生，努力净化、优化居住环境。

我们的吃食

整个防控期间，我们坚持每日三餐，以利身体健康。而这也主要得益于：

一是"手中有粮，心中不慌"。2019年11月中旬自马尔康出来时，我们即购买了一些面条；年前，儿（媳）女（婿）们就送来了一些大米、面条和清油，以及我们非常爱吃的玉米面；我们也就近买了一些大米以及汤圆等方便食品，加上同住园内的康平经常送来自己蒸的馒头，故主食完全得到了保证。

二是肉食充裕。春节前后，健平、秀萍、丽萍都送来了猪肉、牛肉，侄儿苏银政、侄孙女崔艳梅也先后送来了牛肉，加之过年前自己购买的猪肉，已经足够防控期间所需。

三是水果不缺。由于年前健平买来过脐橙、苹果，康平买来过金川雪梨，加之好友鲁宗连老师自丰都县寄来了红心柚，小金县学生送来了苹果，基本保证了每天都有水果吃。

四是蔬菜丰富。2月8日前，康平先后多次送来蔬菜；3月8日云翠母女返马之前，一直给我们购买蔬菜、鱼、鸡肉、猪肉等，品种齐全，数量足够。以后，社区外的超市陆续开门营业，我们前去购买十分方便，没有影响生活所需。

我们的交流

除做日常家务事、经常与儿女孙辈和亲朋好友通电话和视频聊天之外，自4月1日起每天午饭后都与不能回云南读书的孙女佩璐聊天，就政治、经济、军事、文化等方面交流所见所闻所感，颇有收获。

我们也曾趁着难得的晴天，伫立在阳台之前，贪婪地仰视蔚蓝的天空，观赏园内葱郁的林木，寻觅枝头待放的花蕾，聆听"啾啾"的鸟鸣，享受春阳的温暖；多次于午夜被春雷的轰鸣唤醒，眼望路灯的光线透过窗前摇曳于风中的绿树在天花板上留下的斑斑驳驳的影子，耳闻窗外传来的淅淅沥沥的雨声，任万千思绪驰骋于脑际……还不时倚靠于书房的窗台前，遥望大多时候难见车辆的尚锦路、门可罗雀的铺店前，努力从有无车辆驶过、有无行人路过，判断"外面的世界"的现状。每天早上，一定会按时打开电视机，了解令人揪心的武汉、整个荆楚大地乃至全国疫情防控的情况。白天，则集中观看了中央电视台播出的《红色摇篮》《井冈山》《延安颂》《解放》《最美的青春》等一批有重大教育意义的电视剧，以及中央电视台体育频道、纪录频道、科教频道和中文国际频道播放的《诗词大会》（第五季）等精彩节目，并经常通过手机播放新老歌曲,以丰富太过枯燥的日常生活。

5月2日午后,返回都江堰市过"五一"的秀萍、元俊母子驾车前来看望。几个月后见面,我们都兴奋异常,大家谈天说地,感慨良多。下午,康平从家中过来耍,我们兴致勃勃地照了几张照片以作留念。这是自1月24日后,第一次在家中照相。随后,康平表示"要招待妹妹、侄儿",并带着元俊到大碗菜买回酸菜鱼、水煮肉片、土豆丝、爆炒空心菜以及盒饭,几个人围坐在小桌上,吃得津津有味!

5月4日上午,健平、媛婷父女乘公交车自水岸汇景前来看望。自2月1日之后再次相见的我们,自是兴高采烈、谈笑风生,度过了十分难忘的一天。我们回顾疫情防控,评说世界疫情,感叹世事无常,畅谈复工复产,深感非常时期生活在伟大祖国的幸福和幸运!中午,乾香炖了一大锅耗牛肉,健平执意"办招待",安排佩璐、媛婷到大碗菜买回水煮肉片、土豆丝、麻辣豆腐,几个人围坐在小桌上,吃得舒心,谈得高兴!饭后,我们又乘兴以相机和手机拍了一组照片以留念!15:00,我和健平还走出家门,在社区内散步。这也是自"宅居"家里以来,我第一次闲逛了这么久、这么远,也借以贴近感受到了经受疫情洗礼后园子里的"众生相"……那份独有的轻松、自在、宽慰与高兴,至今忆及仍难以忘怀!

我们的健身

长时间宅在家里,锻炼自然必不可少。它有助于强健身体,增强抵抗力,也可借此打发时光。其间,我和乾香每天清晨的第一件事,就是打开窗户让空气流通。早上,我坚持先打太极拳,再慢跑 40 分钟左右；白天只要有脚冷的感觉，就坚持在室内慢跑以暖身。乾香的腿疼并未痊愈且一直服中成药治疗，但除开每天早晚都坚持按摩以舒缓痛感、活络筋骨、强健肌肉外，也坚持在室内慢慢走动。

得益于坚持锻炼的不懈努力，我们的身体状况在防控期间始终保持健康状态，没有出现过重的感冒、咳嗽，也没有出现过温度超 36.5 度的情况。

我们的交往

宅居防控期间，我们坚持不随意出门（乾香则没有出过门），外出不靠近他人，尽量减少接触。而儿（媳）女（婿）和孙辈几乎每天都会有人打来电话或是视频聊天，交流所见所闻、告知各家情况，令我们得以"人宅家中，并不孤单"，甚感欣慰。

2 月 12 日 17：00，第一次有陌生人叫门：社区一位女同志前来询问情况，并让出示身份证后办理社区临时出入证。

3 月 1 日中午，当收到威师校退休党支部书记胡世忠校长所发"请党员同志为武汉战疫捐款，100 元—200 元均可"的微信通知，我当即打去 200 元，聊表一名老共产党员对武汉人民抗击疫情鼎力支持的一片心意！

我们的工作

利用宅在家里的机会，我抓紧案头工作且充实了生活。

2 月 1 日前，根据陆续收到的资料，继续撰写《威州民族师范学校志（1991—2020）》，为不误原定 2020 年 3 月底、4 月初"交卷"的约定打下了坚实的基础。

鉴于家谱文化是中华文化的重要组成部分，故而，我们遵循"寻根留本，清源备查，增知育人，血肉联情，承先启后"的宗旨，借此继续修改、补录《崔正帮彭秀芳后裔名录》。同时，千方百计抓紧搜集资料，加快撰写《金川崔氏族谱》的进度，继理县崔氏各家族代表座谈会年初即已召开之后，为即将于 2020 年 7 月 20 日在金川县召集有崔氏各家族代表参加的修撰《金川崔氏族谱》座谈会做了大量的准备工作，保证了该座谈会的圆满成功，从而也为于 2021 年上半年印刷发行这两本"家谱"、让自乾隆皇帝打金川之后移民填补金川的崔姓后裔实现"认祖归宗"，使金川崔姓至此尚没有一部完整的族谱资料成为历史，奠定了十分坚实的基础。

与此同时，为达成"缅怀先辈恩德，铭记家族历史，传承家教教风，延续血脉亲情"的目的，我和乾香还于 2 月 2 日商定，立即着手编写忠县甘氏家谱《甘业银范荣贞后裔名录》的工作。经联系各家各户且征得一致同意后，即开始资料搜集和撰写的具体工作且进展正常，并已于 2021 年 10 月正式印刷分发。

自 2 月初起，除周末外，我几乎每天都会应当时长住松潘县城的孙儿元杰的要求与之电话视频，帮助其熟读、背诵《滕王阁序》《劝学（节选）》《出师表》《陈情表》《兰亭集序》《桃花源记》《春夜宴从弟桃花园序》《望洞庭湖赠张丞相》，并复习过往已能背诵的古诗、词、文。

我还趁着时间充裕，抓紧撰写并先后由"西部故人来"公众号推出了《小屋的回忆》（刊载于 2020 年《阿坝文艺》秋刊季、《喜阅》杂志 2021 年第 4 期）、《金川梨花美》（刊载于 2021 年 4 月 16 日《阿坝日报》）、《踏春赏樱花》《敦煌行》《青海行》等散文。

我们的出行

防控期间，乾香没有出过家门。我则经常凭临时出入证外出购买食品、蔬菜、药物。此外，也曾驾车接送在成都市石室中学（北湖校区）读书的元琦。

2月21日，我在近一个月之后方第一次走出家门到楼下丢垃圾。此事虽小至"微不足道"，但仅这一细节即足以表明在过去的一个月里，为维护社区的正常秩序和环境卫生，社区工作人员和志愿者就付出了不少的心血！

3月10日，我第一次前往46栋前的中通和52栋前的圆通，取回佩璐的快递。

3月17日，我第一次从2号门出社区，到食店前买回馒头，早饭后又到铺店买面条，还到药店里买回急需的药物……其时间虽然短暂，但既足以表明社区严密的防控措施初见成效，也传递出整个成都市新冠病毒的防控形势明显趋好的令人欣喜的信息！

4月12日中午，我和乾香还请佩璐在国家政务服务平台上成功申请到了健康码，并于13日上午成功打卡（佩璐告知：出行当日必须先打卡，才能领取到检查时可供验证的二维码）。这，为之后出行做了准备。

3月1日上午，我驾车与佩璐一道，送甘元琦到成都市石室中学（北湖校区）领取班级发放的学习资料。这是自1月24日下午之后，"为国家而宅小家"以防控疫情的我，第一次驾车出行。精心准备的我们自然是"全副武装"：戴口罩，戴手套，凭出入证、测体温后进出门。行车红光大道，但见四个车道上，车辆稀稀疏疏，难得的一路畅通，很快就直接驶上金牛立交桥。转入三环路，来往车辆照样稀少得令人难以置信。抵达学校，见其合理安排各班学生错峰到校，防控措施十分到位，现场秩序井然，令人赞叹。我们很快办完事情，即绕经学校后门转入三环路，且又是一路畅通，很快平安返家，并由此结束了难以忘怀的一次驾车出行！

3月31日，是石室中学（北湖校区）高三学生开学报名的日子。因康平夫妇返马上班，送元琦到校的责任自然落在我们身上。但当日是星期二，我们的小车被限号（进三环），无奈之下，便请乾志兄弟应急，他亦欣然应允。

当天，乾志驾车提前抵达上锦颐园2号门。戴着口罩、高度警惕的我们会合后，即帮助佩璐和元琦拿行李、装上车，并即自红光大道上金牛立交驶入三环路，直抵学校大门。待元琦办理好入校手续、眼见工作人员将行李送进校门交由安排的车辆负责运送至女生宿舍，并与元琦通电话确认行李无误后，我们才循原路返回家里。在疫情管控仍在继续之际，兄弟乾志能不辞辛劳拨冗帮忙，为孙辈求学助力的举动，既是对"兄弟同心、其利断金"之古训的生动诠释，也让我们万分感谢！

4月3日和5日，我前后两次驾车前往北湖校区接元琦回家、返校。

4月20日午饭后，我和乾香驾车去郫都区三道堰方向的盛泰检测为小车做年检，也借以开创了自宅家防控新冠肺炎疫情以来妻子的四个"首次"：首次迈出家门、首次乘坐电梯、首次走出小区大门和首次乘坐汽车出行，其欣喜之情，实在难以言表！

5月23日傍晚，我和乾香应于22日晚返抵上锦看望元琦的康平夫妇的邀请，前去其家中晚餐。云翠不辞辛劳，操持了有酸菜鱼、猪排骨炖藕、炒紫菜、凉拌茄子的一桌好饭，令我们吃得津津有味,并借此与回家的元琦沟通了近期复习、考试的情况,以及随后要注意的问题,并强调注意老师复习时对作文类型的列举、剖析,努力达成"举一隅而三返"之目的。席间,元琦谈笑风生,显得开朗而热情——这对于高考前的复习和考试的因应无疑大有裨益!这顿晚餐,也是自1月24日以后,我们第一次走出自家门用餐,自是心情极好、胃口极佳!

6月8日早晨,我和乾香于难得的一夜大雨后驾车前往都江堰市盛逸花园酒店,出席阿坝州老科技工作者协会二届三次理事会和"天府科技云"培训会。这是我自1月24日后第一次走出家门远行参加会议,其非同一般的感受不言而喻!

之后的7月4日清晨,我和乾香驾车平安返回马尔康。这是2019年11月16日离开这里后,时隔8个月再返回退休后一直在此地照管孙儿且一住就是11个年头的地方。放眼那十分熟悉的蓝天白云、郁郁葱葱的青山、欢畅流淌的梭磨河绿水,呼吸着用之不竭的"高原氧吧"里清新得令人心醉的空气,感知着凉爽舒适的气候,享受着宜居怡人的住所,让人顿觉浑身轻松、心旷神怡!

回顾宅家防范疫情那难忘的日子,自己感触颇深。

我感悟:举国战疫情,既是一次民族的大磨难,也是一次精神的大洗礼。这是一次中国力量的空前凝聚、一次中国精神的集中展示、一次中国效率的生动体现!中华民族在这场荡气回肠的斗争面前,充分展示了自己历经苦难而生生不息的优秀品质。

我感动:在那漫长的宅家隔离防控期间,党中央多次召开常委会,统一指挥全国人民打好抗疫的人民战争、总体战、阻击战,激发了全国人民众志成城抗击疫情的民族担当;充分发挥了社会主义制度的优越性,统一调度医疗资源,鼎力支持武汉战疫；全国很多省市采用分片包干的方式，派出医疗系统的精兵强将驰援湖北；堪称新时代"最可爱的人"的4万多名白衣天使自天南海北"逆行"疫区，以自己的血肉之躯面对肆虐的病毒，保护人民的生命安全……我们也亲身感受到了国家综合国力的强大、生活在祖国的幸福，感受到了中国社会主义制度的优越性，感受到了中华民族驰援世界各国抗击疫情所彰显出的博大胸怀，激发了自身的民族自豪感！

我深信：有着五千年文明史的中国，早有"大难兴邦""艰难困苦，玉汝于成"的古训。中华民族历史上经历过很多磨难，但从来都是在磨难中成长、从磨难中奋起，没有被压垮过，而且愈挫愈勇。经历新冠肺炎疫情考验的中国人民，一定会在中国共产党的坚强领导下，弘扬习近平总书记在2020年9月9日全国抗击新冠肺炎疫情表彰大会的讲话中归纳出的"生命至上、举国同心、舍生忘死、尊重科学、命运与共"的"抗疫精神"，激发蓬勃的中国力量、中国精神、中国效率，坚定信念，砥砺前行，为实现中华民族复兴的伟大中国梦不懈奋斗，开辟更加光辉灿烂的未来！

我懂得：春来疫去，山河无恙，生活终归会走上正轨。而经过终生难忘的抗疫的洗礼，岁月静好的感觉定会让每个人倍加珍惜！

在封控家中的日子里

——抗疫纪实之二

2021年11月2日清晨，我们仍按长期以来的作息时间，于7：00早餐，7：25出发，拟乘坐25路公交车送孙儿去成都市茶店子小学读书。

待我们步出单元门左行即将进入林荫间的小道时，一位门卫提醒："出不去了。"尚未回过神来的我们，赶紧调头向一号门方向走去。门卫见状补充说："都出不去了，我们小区已经被封控了。"

我们一头雾水般张望四周，看到确实已没有人出入，便只好怅然若失地回到家中。事后得知：距我们居所100多米的顶峰水岸汇景一期5栋一位名叫李某的居住者，已在成都市第四医院被确诊为新冠肺炎患者，我们小区已被封控管理。

于是，自当时起，我们便有了有生以来在家里足不出户近15天的极不平凡的经历。这期间，我们祖孙三人——

每天必做几件事

一是每天早上和傍晚，要按时向单元体温群报被封闭家庭成员的体温。

二是每天清晨，要向茶店子小学校传送我们祖孙三人的健康码。

三是除11月2日上午到单元门口前的坝子内接受了一次核酸检测采样之外，5日、8日、11日的早晨，均在自家门内接受医务工作人员的核酸检测采样。11月15日8:25，则于家门内接受4位医务人员（分两组）进行的核酸检测双采样。

严格管理宅家中

11月2日下午，自己曾按常规将垃圾送到单元门外的垃圾桶处，但不准迈过刚拉起的警戒线，且已不见了垃圾桶的踪影。工作人员和蔼地告知："不准迈出家门，有垃圾请放在自家门口即可，会有志愿者按时前来收取。"自此，我们真正做到了"足不出户"。

坐吃库存等快递

除封控当日上午我曾去一号门口收取过孙女给孙儿网上邮购的外卖熟食外，我们已无法直接买到任何生活必需品。不过，得知小区被封控的消息后，亲朋好友即发来微信："需要什么东西，请即告知，我们会买好后送到小区大门口。"这些信息，令颇感无助的我们分外感激。虽然在严格管控的情况下，外面的东西并不能顺畅地送进来，但毕竟因有了后援而心中平添了底气。自此，我们也就只能坐吃库存。

好在，之后的日子里，家人几次邮购来肉食、蔬菜，孙女也给弟弟几次邮购熟食，志愿者也曾送来过桶装饮用水……这些，有效地缓解了食品紧缺的状况，使我们得以撑过那段颇为困难的日子。

生活枯燥盼解封

以后，除开按照我们与孙儿商定的每天早诵读（背诵）、看（郭老师、曾老师发来的）课件、解习题、改作业（改错）、写日记、文体活动（吹口琴或口风琴、唱歌、做俯卧撑、跳绳……）的计划，合理安排学习、娱乐、锻炼，以及一日三餐、收看电视、阅读书籍、欣赏通过"呼叫小度"点播的歌曲的节奏生活之外，我们要么站在23楼的窗口远观十字街口处的交警们如何封控小区前的公路，三号门的门卫如何管控不断前来投送快递的摩托车，对面昔日熙熙攘攘的"天街"的大门处而今如何"门可罗雀"，天空中飞过了多少架飞机……偶尔，也趁着万里无云的晴天，凭窗远眺西岭雪山的无限风光和彭州方向龙门山脉的高耸巍峨，羡慕冬日里那洒满大地的温暖阳光和蓝得令人心醉的天空……聊以打发时光，自然也少不了计算还有多少天时间有可能解封。

心焦何时"黄"转"绿"

由于我的健康码自2日晚上即由绿色变成了黄色，尚不知"时空伴随"为何物的我，只能心焦地盼着尽快恢复绿色显示，以便解封后能乘坐公交车接送孙儿上学。及至 11 月 15 日下午起，单元群中要求凡是健康码显示红码的应立即报备，方发现仅我们单元健康码为红色者就达 30 人之多！至此，因依据"时空伴随"监控结果 11 月 5 日前的健康码为黄色、11 月 8 日核酸检测后健康码即自动恢复为绿码的我，既视之前的心焦为多余的操心，更深感封控的决策非常及时、十分必要——一种高度理解之情也油然而生！

封控之中也有乐

一是每天和家人视频，同弟兄姊妹和儿女孙辈通电话或视频聊天，已然成为我们那一段时间里分外期盼、不可或缺的事情。那熟悉、亲和的笑容，令人倍感亲人的重要；那唠叨般的交谈，让人借以全面地知晓外面的精彩世界；更重要的是，我们也借此有了与更多人交谈的宝贵机会！

二是成都市茶店子小学五（七）班班主任郭霁老师非常关心被封控于家中的孙儿，几次打来电话慰问，坚持发来学习资料，及时介绍本班同学的相关情况，鼓励其安心在家学习，并及时将自己时年 8 岁的爱子刘晏均同学 2000 年春被管控家里期间用画笔手绘完成、记录了自己眼中的那场"战疫"的《新型冠状病毒的日记》（见"成都文明网"2020 年 2 月 17 日推出文章）的绘本发来，用以宽慰、引导孙儿，还分别于 11 月 7 日 13：00 和 11 月 15 日 16：00 两次组织班上的同学与元杰视频交谈。这些，既有效抚慰了年仅 10 岁的孙儿的心绪，也让其切身感受到了班集体的温暖和同学们的友爱！

记得元杰面对视频中热情问候的同学们，曾有过以下一段即兴感言："我非常感谢郭老师挤出时间同我通话，开导我、关心我、鼓励我，感谢郭老师、曾老师按时发来网课课件、练习题等学习资料，感谢郭老师及时转达的同学们对我的挂念、关心！我体会到，疫情虽无情，班级有大爱！我融入茶小五（七）班不过两个多月，但却真切地感受到了这是一个团结、上进、互助、友爱的温暖的集体。我，由衷地热爱我的老师们和同学们！"一直关注着视频进程的我，被孙儿这理性的思考和感性以及不时哽咽的话语深深感动，以致禁不住老泪盈眶！

需要言及的是：自阿坝州外国语实验小学转学至蓉城就读的孙儿，亦不辜负老师和亲人们的期望，在家坚持认真学习，按时完成作业，各学科的学习也并未受太大影响，在期末考试中仍然取得了优异成绩，还被评定为成都市茶店子小学 2021 年度"五好学生"，这令人倍感欣慰、备受鼓舞！

三是得知自己所写《浙江行：普陀山、绍兴》于 11 月 11 日、14 日分别以《海上有仙山》《曲觞流水话绍兴》为题刊载在《南湖晚报》上，心中颇为欣慰、自豪！

一朝解封心坦然

15 日核酸双采检测结果虽未公布，但到深夜均无"复查"信息；20：00，被同时管控的仅一街之隔的同小区第三期各单元的居民们，相约站在面街的楼房阳台上，伴随着在一楼院坝内燃放升空绽放的一束束艳丽的礼花，全都纵情地欢呼着、跳跃着、歌唱着，一时间，满耳流淌着歌曲《我爱我的祖国》悠扬激越的旋律，以及随之跳动着的"我爱我的祖国，爱她的每寸山河……历经多少风雨，大海永远壮阔……大海何曾惧怕什么……大海永远守护你我……岁岁年年为她欢歌……岁岁年年与她同乐"的发自肺腑且触发起每个人感恩、爱国和愉悦情愫的字句，满眼都是人们手中挥动着的荧光棒闪烁出的点点星光……那可喜的信息，那狂欢般的场景，无一不给我们一家人以无限的期盼！

及至16日凌晨1：30打开手机，见单元体温群发出了《成都市防疫指挥部的"解封"公告》，儿子亦发来了网络推出的解封信息。这已在意料之中的经管控14天后终获"新生"的特大喜讯，仍然给人以无限欣慰和分外坦然的内心体验！

清晨6：40，郭霁老师又微信告知："甘元杰只要上报居家3人的绿码和核酸检测截图，不需打印，即可到校读书。"

于是，我和孙儿依然于7：25出发，乘公交车一路顺畅地到达学校。进书店买了11月2日晨就该买的三角板和一本《斗罗大陆》后，即排队入校。我则抓紧拍了两张照片，配以"走出封控的感觉真爽！"的文字，发给亲人们分享，并借以由衷感谢大家的真情陪伴和倾情鼓励！

事后回首这段日子，内心实在感慨良多——

在那足不出户的日子里，所见所闻总是令人万分感动：我们小区不算太小，但封控一声令下，便令行禁止、秩序井然，这只有在社会主义制度下，靠着中国共产党和人民政府敏锐的判断力、超强的动员力、卓越的组织力和坚定的执行力才能做到，由此，我们为生活在伟大的祖国而倍感自豪！亲眼看见那么多的社区工作人员、白衣战士和志愿者想他人之所想、急他人之所急，敬业爱岗，任劳任怨，承担起了到家采样、送水上门、搜捡垃圾、投递快递、统计信息等既繁重又琐碎的任务，倘若没有他们无私奉献的精神和卓有成效的工作，封控任务绝对难以圆满完成。作为平凡人的他们，都是令人敬佩、理应感恩的最可爱的人！

经历了那段"足不出户"的日子，我也从中悟出一个浅显的道理：在一个人漫漫的一生中，偶然遇到不顺心、不如意、不舒心的事，实在难以避免；若真的遇上了，恐怕选择回避、逃脱也未必一定遂愿。既然如此，人必须要在过上好日子的同时，着意锤炼自己的意志品质，善于理性处理好个人与集体、社会的关系，能够做到"为'大我'舍'小我'"，学会把人生路上有可能出现的情况都纳入预料之中。只有如此，当真的遭遇到诸如"疫情封控"之类的窘境，面临困于斗室、生活枯燥、日子孤寂、吃食简朴、信息寡闻等严峻的考验时，一个习惯于正常生活的社会人才能做到心有阳光，从容面对，迎难而上，战而胜之！

岁 月 回 响

观 点

壮哉，教育战线的奉献者

金川江畔的雪梨之乡，又响起一曲奉献者之歌！当"默默地奉献"几个字跃入眼帘，并随即放眼于娓娓述说的字里行间之后，我，便被付定清老师平凡而感人的事迹深深地吸引住了：他，经历如此之单纯——茂中毕业后便当了13年的民师，1972年才得以转正，在其足迹遍及金川县的漫漫生涯中，当过教师、教研员，教过多门学科，还办过土化肥厂，但"教"始终是他人生轨迹的"圆心"；他，贡献如此之显著——所任班级历年被评为先进班集体，通过他以及他所置身的教师群体的共同努力，向高一级学校输送了一批又一批的人才，受到同行和学生的好评，且有铅字见诸刊物；而他，付出又如此之大——与家人长期分离，四个子女无一人考上学校，且终因患关节炎而告别心爱的神圣讲台，如今"只好挂着拐杖，在从床上到院坝的咫尺天地间周旋"。

掩卷遐想，笔者感叹不已：壮哉，又一位教育战线的奉献者！我曾经拜读过也当过民办教师的国家教委副主任邹时炎的一段话："他们（指民办教师）中的许多人在条件十分简陋、待遇非常微薄的情况下，默默无闻地执教于穷乡僻壤，把知识奉献给农民的后代，没有他们，就没有今天农村普及初等教育和扫盲的成果。这是历史事实，是中国教育史上可歌可泣的一个篇章。"（见1991年3月12日《中国教育报》）此时此刻，我不禁想到：诚哉，斯言！作为"许多人"中一分子且也曾经当过民师的付定清老师以及教育战线上众多谱写了中国教育史上可歌可泣的篇章的奉献者，的确应该大书特书，应该热情讴歌。因为，是他们，义无反顾地肩负起了时代赋予的传播知识火种的重任，将自己火红的青春年华融入自己酷爱的事业之中，将自己全部的心血倾注于培养民族地区建设人才的工作之上；是他们，虽无力顾及家庭和子女，却挺起人民教师的钢铁的脊梁，勇敢地接受艰难困苦的洗礼，执着地谱写了一曲曲催人潸然泪下的奉献之歌；是他们，集中地显现了可给予奋斗于民族教育战线上的老将新兵以魂魄和勇气的"师之魂"！而值得欣慰的是，人民高度评价了他们的奉献，包括《四川民族教育报》在内的传播媒介及时"摄"下了再现他们丰姿的一个个"镜头"，"录"下了他们的一件件感人的事迹。于是，在这"许多人"中，逝去者——如《魂系雪山》中的何佩祥老师，虽是孑然一身，"两袖清风"而去，但他在精神上却已十分充实和富有，阿坝州70多万人民纪念他的奉献，他的事迹早已在巴山蜀水之间广为传颂；健在者——如《默默地奉献》中的付定清老师，虽然心力交瘁，以杖助步，"只好在咫尺天地间周旋"，但是，我们有充分的理由相信，金川人民不会忘记他为发展民族教育作出的贡献，他那昔日矫健的身影，将永远腾闪于他曾似父亲般爱抚过的梨乡人民的儿女们的脑际，他也定会因其"心底无私"而占有着似"天地宽"的理应属于他的永恒的空间！

由此，笔者又不禁想到：教师应该有金子般的爱心，应该像蜡烛燃烧般奉献，应该且可以从学生成才之中寻觅到属于自己的欣慰与欢乐。但是，全社会也应该理解千百万教师的不易与艰辛，理解他们默默地奉献；要似《民族教育报》一样宣传他们的事迹，弘扬他们的精神，应在可能的情况下，千方百计解除他们的后顾之忧，为他们充分发挥聪明才智提供环境、创造条件，给他们以关怀和温暖。倘若如此，当读至"老付啊，看来你把书都读完了，你的儿女就没有书可读了"的玩笑话时，心中就会多几分宽慰与坦然。而更为重要的是，也只有这种双向的"理解导向"，才能激励更多的"人类灵魂的工程师"去无私地奉献，去奏响一曲又一曲的奉献者之歌！

（刊载于1991年4月12日《四川民族教育报》）

第三辑 观点

愿"热土"花团锦簇

时间流逝，光阴荏苒。转瞬之间，《热土》已刊出 100 期了。此时此刻，作为《四川民族教育报》的热心读者，我心中的喜悦之情不禁油然而生，为《热土》已深深扎根于阿坝高原而喜，为《热土》已成为《四川民族教育报》颇受读者尤其是人数众多的中（中专）小学生喜爱的栏目且已经结出丰硕的文学之果而悦！

《热土》是阿坝州各族青少年一块肥沃的习作园地。它以自己执着的追求为提高青少年的写作水平作出了贡献。有了它，一大批本名不见经传的平凡的中小学生将手稿变为铅字的朴素而强烈的愿望得到了满足；有了它，一批青年才得以品尝文学创作的甘与苦，圆了自己的文学梦！它，真无愧为语文教师的好帮手。

《热土》又是培养文坛新人的摇篮。不仅是我曾教过语文课的胡秀、张颖、袁玉灵、郑渝、陈红梅、李雪芹、陈雪榕、周远璐、马宁、谭小玉、周时云、孙莉、赵代娥、李越、龚群华等一批中师学生，当年都曾似株株幼苗般在《四川民族教育报》这块园地中破土而出，具体体验了初涉"文坛"的欢愉，并为日后的发展——他们中的一些人只要笔耕不辍，假以时日，是可以在"格子"上"爬"出名堂来的——奠定了基础，就是如今在州内已有名气的几位作者，也是先在《热土》上发表了处女作，进而有新的突破的。其中，现任《四川民族教育报》编辑的王庆九老师的经历或许最为典型。数年前，他以《星期日之晨》和《洁的故事》等诗文在《四川民族教育报》上迈出文学创作的第一步，继而，又锲而不舍地努力使那一个个脚印串联起来，直至延伸到《阿坝报》《草地》《中国新诗人千家》（《孤独状态》）和《中国青年乡土诗选》（《鹰笛》）。这些不胜枚举的事例雄辩地证明：《热土》的确已为阿坝州培养出一个数目相当可观的以中（中专）小学生为主体的作者群。

《热土》还是青少年的良师益友。文学作品必须起到教育人鼓舞人的作用已是不争的结论。虽然，在《热土》崭露头角的作者，主要由于受阅历和素养的影响，他们的思维尚需进一步缜密，他们的世界观、人生观、价值观也正在形成，但是，他们通过其作品对于美好心灵的尽情讴歌，对于真善美的深情呼唤，对于生活的正确体味，对于哲理的朴素诠释，无疑已经并将继续启迪、感化、鞭策、激励千万青少年迈出坚实的步伐以走向瑰丽的多彩人生！

《热土》更是展示阿坝州风土人情的窗口。阅读《热土》发表的习作，虽然从观察状写、谋篇布局等方面细细品味，有的尚嫌稚嫩，有的还须推敲，但它们的作者，却无一不是在记叙自己体验过的真实生活，描写耳闻目睹的人事景物，以辛勤笔耕的汗水凝结他们心中珍爱的一道道阿坝州的新的风景线。是他们潜心写出的篇篇习作，演绎出发生在身边的优美动人的故事，反映出青少年多姿多彩的学习生活，辐射出我们这个藏羌回汉各民族和睦相处的大家庭的温暖，渲染出热爱雪山草地、立志建设好阿坝高原的真挚情绪……我们应该自豪地说：《热土》有助于外面世界的人们认识古老、神奇、美丽的阿坝州，结识勤劳、善良、睿智的阿坝人！

100期，标志着《热土》已到了收获的成熟季节；而100期，更意味着《热土》已站在了一条崭新的起跑线上。我，一位耕耘于师范教育园地的语文教师，真诚地祝愿《热土》更上一层楼，热切地期盼《四川民族教育报》这方"热土"新苗茁壮，根深叶茂，花团锦簇！

(刊载于1996年12月2日《四川民族教育报》)

一曲奉献精神的赞歌

——读《魂系雪山》有感

读罢《阿坝教育报》127期刊载的《魂系雪山》，掩卷遐思，感触颇深。这是给为发展阿坝州民族教育事业奋斗终生的何沛祥老师圈上的一个硕大的句号，是对这位不幸英年早逝的四川省优秀教师的最好纪念，更是作者满怀深情唱出的一曲奉献精神的赞歌！

"人总是要有一点精神的。"在全国人民满怀豪情跨入20世纪90年代的今天，为着建设社会主义物质文明和精神文明的需要，为着增强公民爱祖国、爱人民、爱劳动、爱科学、爱社会主义的"五爱"意识的需要，为着树立正确的人生观的需要，尤其应该提倡无私奉献。在《魂系雪山》中，何沛祥老师勇于放弃内地较好的工作条件，辞故土，别亲人，心甘情愿地来到雪山草地，扎根于金川的"西伯利亚"观音桥区，数十年如一日地勤奋工作，两袖清风而来，孑然一身而去，无私地奉献了自己的一切。他热爱阿坝州，热爱藏族人民，自觉刻苦学习藏语，"练就纯正的酥油糌粑味"，"与藏胞溶在一起"；他为了藏族教育事业和藏族学生，不怕"跑断腿"，不怕"磨破嘴皮"，不遗余力

"动员学生入学",历经艰辛教书育人,把全部心血倾注于培养少数民族地区的建设人才、提高民族素质之上,赢得了藏族同胞的信任和尊敬……作者敏锐地捕捉到的何老师漫长教育生涯中极具典型性的这桩桩往事和句句话语,正是作者借以讴歌的闪光奉献精神的体现!他,是耕耘在民族教育园地里众多园丁的优秀代表!他,堪称全州教师学习的楷模!

教育是一项浩大的、周期性长的基础工程。发展教育是一项十分艰巨的任务,离不开作为科学文化知识传播者的老师们吃苦耐劳、不懈努力、卓有成效地工作。阿坝州教育起步晚,基础差;阿坝州地广人稀,交通不便,信息不灵,海拔高,温差大,牧区和边远地区条件更是十分艰苦。老师们长年累月工作生活在诸如夹皮沟和威虎山的基层小学,其酸辣苦麻是不言而喻的。面对这些现实,倘若我们教师失去精神支柱,盲目攀比其他行业,一味追求物质享受,其价值取向必然会严重倾斜,必然会视"教"为畏途,望"教"而却步,进而谋进城、跳"教"门。反之,只要每位老师都有一种奉献精神,就必然产生强大的内在动力,增添克服一切困难的勇气和力量,就能正确理解并处理好理想与现实、个人利益与国家需要的关系,工作起来就会信心十足,干劲倍增,就能使我们视野开阔、精力充沛、心情舒畅,以强烈的事业心和责任感去工作、学习和生活,分外珍惜平凡而伟大的工作岗位,充分发挥自己的聪明才智,扎根藏寨羌乡,一心一意搞好本职工作,为发展阿坝州民族教育事业贡献力量,就能从造就人才的工作中去领略学生成才后特有的欢乐……《魂系雪山》揭示的何老师实现自我价值的人生轨迹,无疑是向我们验证并昭示:老师的称谓里包含着奉献的内容,人民教师更要提倡奉献精神!

时代呼唤奉献,发展民族教育需要许许多多似何老师的奉献者。我们深信,《魂系雪山》传递的何老师的动人事迹,必将激励战斗在阿坝高原的人民教师为自己酷爱的事业去无私地奉献;更多的嘹亮的奉献者之歌,必将响彻前程似锦的阿坝州!

(刊载于1990年3月12日《阿坝教育报》、1990年8月15日四川省教育报刊社编发的《通联工作》总第39期)

时代呼唤真善美

——《渴望》观后感

人总是向往渴求真善美的。一部反映发生在一座楼房、两座平房、三代人、四个家庭里的普通人平常事的电视剧《渴望》，之所以如泣如诉，感人至深，能产生从情感上紧紧抓住你，调动你的情绪，让你一集一集地看下去而兴致丝毫不减，使你忘情地为剧中人或哭泣或欢笑，令不同的道德观、价值观发生激烈碰撞的神奇的艺术魅力，震撼每个观众的心灵，形成"轰动"，其原因虽多，但笔者以为，主要还是因为它所展示的刘慧芳等人的美好灵魂拨动了观众的心弦，真正起到了感染人、教育人、鼓舞人、净化人的灵魂的潜移默化的作用。

毋庸讳言，自改革开放以来，西方各种思潮的涌入，商品经济大潮的勃兴涌动，确实在某种程度上淡化了20世纪五六十年代那种淳朴善良的美德。极端的"自我"，造成了近几年来一些地方出现了金钱唯上、人情淡漠、物欲横流等丑恶现象，诸如见死不救、非钱莫为等，便是一些人道德观念淡化的折射。对此，有人困惑，有人不安，有人总感到有一种精神与道德上的失落和迷茫，而更多的人则切望构建起适应时代的伦理道德观念，真诚地呼唤真善美,盼望世界上多一些帮助、美好和爱心!

正是在这样的社会经济背景下,《渴望》以其浓郁的生活气息和感人的故事情节,一出现在荧屏上,便给人耳目一新之感,紧紧地吸引住了观众!它伴随着一曲"悠悠岁月,欲说当年好困惑"的主题歌的旋律,形象地向人们再现了中国社会近20年间的善恶、美丑、真假,引起了人们深沉的思索。它成功地塑造了美丽善良、纯正无私,为别人不惜牺牲自己,乐于助人,有一颗金子般的爱心的刘慧芳及其他艺术形象,响应了时代对真善美的呼唤,满足了人们对真诚生活和人性道德的心理上的渴求与向往——不少人能如痴如醉地为集中显现了中华民族美德的刘慧芳的命运由衷地担忧、不平、庆幸、叹息、流泪,便是对一种利他主义的价值观念和道德观念的充分肯定;不少人的心灵能为王子涛"能让别人幸福的人,自己才最幸福……要考虑一下做人的道德"的掷地有声的话语以及刘国强"钱挣得再多,也有买不到的东西"的字字千钧的慨叹所震颤,则是对历经长久的比较鉴别乃至痛苦的反思后产生的理性结论的认可;而几乎所有人对极端自私的王沪生的不屑与厌恶,更是对假丑恶的有力抨击!

总之,《渴望》留给人们的回味是无尽的:搞商品经济需要竞争,需要优胜劣汰,但同时,也迫切需要弘扬社会主义的伦理道德。因为,如果没有从慧芳、大成、罗冈等人身上显现出的善良正直、诚恳宽厚、平等互助、团结友爱、和谐融洽等高尚品质,也就不会有社会的稳定、家庭的幸福和生活的欢乐!

(刊载于1991年2月9日《阿坝报》、3月2日《四川民族教育报》)

愿尊师的优良传统发扬光大

——写在第十四个教师节

1998年3月,当举世瞩目的九届人大一次会议的帷幕刚刚落下之日,刚当选为国务院总理的朱镕基同志就在雄伟的人民大会堂庄严宣告:"科教兴国是本届政府的最大任务。"这铿锵的话语,是时代的强音,是人民的心声,是共和国领导集体雄才大略和远见卓识的具体体现。

当今世界,科学技术突飞猛进,知识经济已见端倪,国力竞争日趋激烈。教育是立国之本。一个国家综合国力的增强必须依赖于教育的发展、科技的进步和人民素质的提高已是不争的结论。正因如此,我国改革开放的总设计师邓小平在拨乱反正的年代里就高瞻远瞩地指出:"我们国家要赶上世界先进水平,要从科学和教育入手。"江泽民总书记在庆祝北京大学建校100周年大会上也指出,要"使科教兴国真正成为全民族的广泛共识和实际行动"。

科教的基础是教育。教育是一项规模宏大的工程,需要全社会的参与和支持。而作为教育基本形式之一的学校教育,其主导者教师所起的作用又是不可或缺的,他们的基本素质、精神状态和工作效率直接决定着教育的质量。所以，从各级领导到寻常百姓都一致将"尊师"与"重教"视为辩证的统一体，因为它既准确反映了两者之间的内在联系，又是国人从历史的经验教训中悟出的深刻道理：尊重教师的劳动，就是重视教育本身；尊师则教育兴国，尊师则人才辈出！

中国是一个尊师的国度。中国人自古便赋予教师以"传道、授业、解惑"的神圣职责。尊师是一个伴随中国悠久历史发展的永恒的命题。时至当今，人们更是以极富想象力的优美词句概括教师平凡而伟大的工作，以"老师是蜡烛，燃烧自己照亮别人；老师用生命织锦去装饰人生"，揭示教师的无私奉献；以"老师是阶梯，书写着绵远亘古的历史；老师是基石，支撑起巍峨天地的文明"，来诉说教师工作的无比崇高。与此同时，国家、社会也是以为教师办实事为己任，努力改善教师的地位，千方百计为教师的工作创造条件。不过，当21世纪的钟声即将敲响之际，我们也应十分现实地看到，教育的发展还相对滞后，教育的投入还要加大，从事着太阳底下最光辉的职业、在希望的田野里播撒着文明种子的教师，仍然艰辛，还有烦恼，也始终渴盼着社会的尊重与理解，工作在民族地区、边远山区的老师们尤其如此！

新中国成立初期，为开垦民族教育的处女地，一批风华正茂的男女青年，告别亲人，从富庶的川西平原来到神奇美丽的川西北高原，无怨无悔地承担起为阿坝州培养建设人才的重任。同时，一批又一批本州藏羌回汉各族人民的优秀儿女从师范学校毕业，加入民族教育师资的行列中。他们，长年累月执教于山高路远、气候恶劣、教育起步较晚、经济发展相对缓慢的高山村寨和广大牧区，凭着茫茫草地般的博大胸怀和皑皑雪山般的坚强毅力，用铁的臂膀扛起一个个困难，用满腔热血演绎出一批批各民族儿女成才的动人故事。与内地教师相比,他们面对的是更为艰苦的工作环境,尤其需要人们去抚慰其心灵,去激励其心志;他们教的学生有的基础较差,有时还要在课余跋山涉水走村串户,苦口婆心地请回因家境困难而辍学的孩子,要提高质量确实不易,因此,更需要人们去肯定那千百次重复"3+2=5"式的看似平凡却分明透出神圣的劳动;他们工作的地方大多属穷乡僻壤,都面临诸如婚恋、家庭、子女入学入托等问题不易解决,十分需要人们以真诚主动的关心去化解其后顾之忧,去减轻其沉重的心理负担;他们的精力与时间的投入有时滞后于学生应有的进步,尤其需要社会、家长乃至学生本人的配合与理解;他们深知奉献是对教师称谓的诠释,求索是教师的人生轨迹,他们自走上工作岗位的那一刻起,就牢记母校和师长敬业乐教的谆谆教诲,一往情深地投身于教育教学工作之中,绝无"带半根草去"的希冀,但又非常需要分享学生成才后的愉悦!

当然,教师的心胸又是坦荡的,教师的索取也是微不足道的,老师们的以上期盼,社会、家长和学生总是可以用尊师的具体行为而不仅仅是语言使其满足的。因为,尊师的社会风气一经形成,就可以激励教师挺起脊梁去面对事业的艰辛,义无反顾地"化作春泥更护花";便可以令每位教师激发出更为强烈的事业心和责任感,一如既往地"不须扬鞭自奋蹄"。我们可以毫不夸张地说:尊师之风会似甘露沁入教师心田,让他们感受到执着于心爱的事业的甜蜜;尊师之风会像春风,拂尽教师育人的疲惫;尊师之风会如纽带,将学校、社会、家长、师生紧紧地联系在一起,使其增进理解、沟通思想,从而形成强大的育人合力!尊师的良好风气经久不衰,重教的方略才可能落到实处,"党以重教为先,政以兴教为本,民以支教为荣,师以施教为乐"才会蔚为风气,"让社会满意,让家长放心,让学生成才,树文明新风"的教育实践才会结出丰硕的教育之果,科教兴国的战略才会转化为巨大的精神和物质财富,伟大的社会主义祖国才会繁荣昌盛!

社会进步必须重教,教育发展呼唤尊师。当全国各级各类学校教师正满怀豪情庆祝第十四个教师节之际,我们热切盼望尊师之风劲吹神州大地,我们真诚希望尊师的优良传统发扬光大!

(刊载于 1998 年 9 月 12 日《四川民族教育报》;以《尊师,我们心愿所至》为题,刊载于 1998 年 9 月 10 日《阿坝日报》)

第三辑　观点

致孙儿的一封信

心爱的孙儿元杰：

　　你好！

　　2017年8月，六岁半的你，就要进入阿坝州外国语实验小学校读书了。

　　哲人有云："书籍是人类进步的阶梯。"读书，是人们自小到老学习并获取知识的主要形式之一。自然，你的漫漫求学生涯，也就会从进入小学读书的那天正式开始，它将为你长大后成就一番事业奠定知识和能力的基础，它将从某种意义上决定你未来人生的轨迹。因此，其意义是重大的，其过程是漫长的，其付出是艰辛的！

　　爱孙，自你出生起，我们就将你视作家族的希望和未来，并把帮助你健康成长当作退休后的我们的精神寄托和崇高使命，并为之不避辛劳、尽心竭力！

　　尽管时光流逝，爷爷奶奶也年事已高，但对你的无限关爱和殷切期盼之真情却历久弥深！我们也一定会在有生之年，一如既往地为你的求学尽心竭力，让你终生感受到爱你、疼你的爷爷奶奶对你健康成长的关注和激励!

我们也渴望你能从爷爷所著回忆录《求索进取——甘国栋人生大事记》(笔名:甘露)中,寻觅你的长辈们求学的艰辛足迹,感悟他们进取的坚定信念,体验他们成才的宝贵经验,从小立下成就事业、光宗耀祖的远大志向,并为之勤奋学习、刻苦钻研,在知识的浩瀚海洋中荡桨扬帆,在成长的道路上披荆斩棘,以执着和汗水谱写出自己璀璨的人生篇章!

孙儿,令人欣慰的是,在我们带你的朝夕相处的岁月里,欣喜地发现你具有强烈的求知欲望和超乎同龄儿童的禀赋。

儿时你就酷爱认字。爷爷每天上午带你出去玩耍,你总是要爷爷教你认马师校门口"团结、勤奋、严谨、进取"的校训、路旁掌上明珠家具店的广告牌或其他门牌上的字且乐此不疲,也借以认识了不少的字。大凡耳闻目睹的语句中有不解其意者,你定会"打破砂锅问到底",缠着爷爷给出令自己知晓的解答。

奶奶每天教你说话、数数,你反应敏捷,收获颇丰。不仅口语中带有明显的金川味,即使是其间的金川俗语"哦呀"(表"是""对")、"嘛啥"(表求证或商榷的"是吧?""好吗?")、"乌石得儿"(表惊叹)、"安心好吃哦"("安心"为表程度的副词)、"汤水得靠实了"(意即"很是麻烦")、"啊呀"(意即"对的"),你也牢记心间、适时使用。

你年幼时兴趣广泛且专注,曾一度对眼药水瓶和龙虎清凉油盒等爱不释手;也曾钟情于各类名酒瓶的搜集、品赏,并对介绍其特色的广告词烂熟于胸;你还曾执着于陀螺的把玩,对其发射操作和"战斗王之飓风战魂"之性能等津津乐道,对奥特曼和超人兴趣盎然。

爷爷教你书写阿拉伯数字和汉字，无论握笔、坐姿、笔画，你总能很快领会要领、进步显著。善解人意、乐于助人的你还曾因鼓励幼儿园同班同学格桑梅朵"你写的'4'够好的"的恳切话语，受到文卫老师的夸奖，并在微信群里得到众多家长的点赞。2016年5月24日起，爷爷、奶奶开始教你算数学题——先以数小棒辅助计算，你能很快掌握方法，对"数与数位""等式左右数的关系""加数与和""被减数、减数与差""乘数与积"等计算的基础知识，也能牢记并运用于加、减、乘法的实际计算中。到2017年1月，你就在爷爷指导下学会了利用竖式计算得数100以内的加法和被减数为100的减法。至3月，你就能较熟练地利用竖式计算1000以内的加减法了。

你尤其爱好在爷爷指导下诵读古诗词文。大凡我们相聚时，从家中户外、草坪里、树荫下，乃至上学途中、放学路上，总会飘荡出我们祖孙俩诵读的琅琅声。你能很快记住，由读到背，熟练朗诵。

记得刚进幼儿园的2014年10月，你就能流畅背诵《甘家字派》。之后至2017年4月，又先后背诵了数学的"九九乘法表"，以及《汉乐府·上邪》《汉乐府·长歌行》，三国诗人曹植的《七步诗》；唐代诗人杜甫的《绝句（江碧鸟逾白）》《绝句（两个黄鹂鸣翠柳）》《绝句（迟日江山丽）》《江畔独步寻花》《登高》《春望》《春夜喜雨》，李白的《送孟浩然之广陵》《早发白帝城》《望天门山》《望庐山瀑布》，白居易的诗《赋得古原草送别》、词《忆江南》，王维的《山居秋暝》《九月九日忆山东兄弟》《送元二使安西》《鹿柴》《使至塞上》，杜牧的《清明》《秋夕》《山行》《江南春》，王翰的《凉州词》，张继的《枫桥夜泊》，贺知章的《咏柳》《回乡偶书》，王之涣的《登鹳雀楼》《凉州词》，王昌龄的《出塞》《芙蓉楼送辛渐》《从军行》，卢纶的《塞下曲（其三）》，卢照邻的《十五夜观灯》，苏味道的《正月十五夜》，孟郊的《游子吟》，柳宗元的《江雪》，韩愈的《早春》《春雪》，刘禹锡的《浪淘沙》《竹枝词》《酬乐天扬州初逢席上见赠》，孟浩然的《春晓》《宿建德江》，骆宾王的《咏鹅》，李绅的《悯农诗（锄禾）》，韦应物的《滁州西涧》，韩翃的《寒食》，颜真卿的《劝学》，元稹的《离思》，李商隐的《夜雨寄北》《无题（相见时难别亦难）》《无题（昨夜星辰昨夜风）》《霜月》；北宋诗人王安石的《梅花》《元日》《泊船瓜洲》《春夜》，程颢的《郊行即事》；南宋诗人陆游的《乙卯重五诗》《游山西村》；南宋诗人杨万里的《小池》《晓出净慈寺送林子方》，朱熹的《春日》《观书有感》《秋月》，徐元杰的《湖上》，刘翰的《立秋》；北朝民歌《敕勒川》；五代词人李煜的《虞美人·春花秋月何时了》；北宋词人苏轼的词《水调歌头·明月几时有》《念奴娇·赤壁怀古》以及诗《题西林壁》《饮湖上初晴雨后》《冬景》《春宵》，柳永的《雨霖铃·寒蝉凄切》，李清照的《声声慢·寻寻觅觅》；南宋词人岳飞的《满江红·怒发冲冠》，叶绍翁的《游园不值》；元代马致远的元曲《天净沙·秋思》，王冕的《墨梅》；清代郑燮的诗《竹石》，高鼎的《村居》；鲁迅的《题三义塔》；一代伟人毛泽东的词《沁园春·雪》《卜算子·咏梅》《浪淘沙·北戴河》《沁园春·长沙》，格律诗《七律·长征》《七律·人民解放军占领南京》；《论语》摘录"学而不思则罔，思而不学则殆""天道酬勤"；《孟子》摘录"天将降大任于斯人也……增益其所不能"和"老吾老以及人之老……天下可运于掌";《学记》摘录"学,然后知不足……故曰:教学相长也",《周易》摘录"天行健,君子以自强不息;地势坤,君子以厚德载物",《警世贤文·勤奋篇》摘录"宝剑锋从磨砺出,梅花香自苦寒来";《十天干》《十二地支》《十二生肖》《二十四节气歌》和《音节标注声调口诀》等,共计114首(篇、段)诗词(句段)。

长达1206字的《三字经》(有所增添),虽之前断断续续教读过,但爷爷正式教你学习,还是自2016年1月8日自"人不学……"开始,可惜因你当月中旬住院治病而中断;直至2016年春季开学后的3月3日起,才利用你下午放学或未上学而在马林局的短暂时间强化学习(包括抓住在一起的宝贵时间祖孙俩一起反复朗读、背诵),在当月26日就可通读全文,28日即可流利背诵全文。令人高兴的是,你于2016年4月27日在班上背诵了《三字经》中"人之初……此六畜,人所饲"一段,让文卫、邓璐和阿波三位老师大为感动,称赞你"非常棒",班上一些同学当场表示"我们不是甘元杰的对手"。这使你充分认识到了读书的意义,也切实感受到了付出的价值。

2016年4月下旬,当你听说扎西旦真在读《弟子规》后,向我们表示自己也要背诵。于是,爷爷当即开始分段教读,至5月12日即能通读全文,至5月16日就能和爷爷一道背诵1080字的全文!记得5月12日下午放学时,你在候车的公交站兴高采烈地对爷爷说:今天下午,我在班上背诵了《弟子规》中"凡出言……无加警"一段,几位老师都说:"甘元杰好棒哦,我们都想不到你能背《弟子规》哟!谁教你的?"当我说"爷爷教的"后,文老师说:"哦,你爷爷是威师校的老师。我们今后都不敢教你了。"听后，爷爷奶奶都为你的进步感到由衷的高兴！

2016年5月19日开始，我们又一起学习刘禹锡的《陋室铭》、范仲淹的《岳阳楼记》等名篇，你也很快能够背诵。2016年12月底，你又背诵了习近平总书记总结的中华民族的民族精神与优秀文化传统金句（筚路蓝缕、以启山林的开拓精神，艰难困苦、玉汝于成的顽强意志，舍生取义、视死如归的英雄气概，海纳百川、虚怀若谷的博大胸怀，修齐治平、治国安民的政治理想，载舟覆舟、居安思危的忧患意识，革故鼎新、自强不息的执着追求。"人生自古谁无死、留取丹心照汗青"的气节，"苟利国家生死以、岂因祸福避趋之"的担当，"鞠躬尽瘁、死而后已"的奉献，"国家兴亡、匹夫有责"的责任）；2017年1月5日，你还背诵了周敦颐的《爱莲说》；3月，你又背诵了南北朝郦道元的名篇《三峡》……才5岁多的你，由此展示出的突出的认读和记忆能力，给我们留下了深刻的印象……这些，既是今后不断进步的必备"功底"，也令我们对你的未来充满期望！

我们清楚地记得，2017年1月7日午后，当爷爷、奶奶和妈妈带着你到卓克基红军长征纪念馆游玩时，你攀爬到"红军树"上，对正在喂你剥好的瓜子的奶奶深情地说："妈妈给了我生命，爷爷给了我知识，奶奶给了我饭吃……"这虽幼稚但概括的话语令我们动容：那是5岁多的你对爷爷、奶奶在你成长过程中辛勤付出的充分肯定、美好记忆和真诚感恩！而当我们回到马林局家里时，你面对妈妈对你学习所得的"检验"（按《诗词文读本》抽背诵）时，你又即兴流利地背诵了包括《弟子规》《三字经》《爱莲说》和《沁园春·雪》《山居秋暝》《题西林壁》《浪淘沙》《赋得古原草送别》在内的19篇（首）诗词文。你出色的表现，令现场的我们惊叹于你过人的记忆和清楚的口齿的同时，顿生自豪感和成就感！

我们清楚地记得，2017年1月28日（正月初一），我们回忠县祭祖。1月29日，我们到家乡兴峰乡南天村（过去叫兴隆乡长石村）祭扫你的高祖父母（爷爷的爷爷奶奶）之墓。我们先虔诚地焚香、烧纸（钱）、叩拜、燃放鞭炮。接着，爷爷安排全家16个人整齐地排成一排，面向祖先的坟墓三鞠躬，并朗诵《甘家字派》时，你和哥哥同爷爷一起，高声、流利地朗诵了共80字的全文，以此表达我们传承甘氏家族的优良传统、不负祖先的殷切期望的坚定信念。你和哥哥现场的出色表现，让在场的三姑爷陶于河甚感讶异，更让爷爷奶奶倍感欣慰和自豪！

我们也清楚地记得，2017年5月22日（星期一），是你们幼儿园升国旗的日子，我们陪同你到学校。根据班上的安排，你同两位女生于8：30在教室里排练升国旗后代表大C班做"才艺表演"的朗诵和配乐。在现场，你同学赵某的奶奶赵翠香婆婆（是爷爷在马师校读书的同学）听了你的朗诵后对爷爷说："这孩子背了不少诗词吧?"听到肯定的回答后，她不禁感叹："真不简单，你都把你孙子培养成大书生了!"听到此话，我们心里惬意极了。9：00，全体同学在幼儿园操场集合。升旗完毕，你手拿话筒，从容上台，向大家鞠躬之后，即以普通话抑扬顿挫地朗诵《岳阳楼记》，其吐词、语调、节奏、停顿，都发挥得很好；待以电子琴伴奏的赵某的乐曲停止，你又朗诵了"筚路蓝缕、以启山林的开拓精神……"，照样非常清楚、流利。朗诵完毕，另一位伴奏女生的琴声尚未停止，场上师生热烈的掌声就响了起来——那是在为你过人的记忆鼓掌，是在为你熟练的朗诵技巧鼓掌，更是对你努力求学、执着进步的精神鼓掌。看到台上的你红扑扑的脸上写满了兴奋与自豪，显得格外神气与帅气，场下的爷爷奶奶心里比喝了蜂蜜水还甜蜜。那是我们为孙儿自豪的真情流露，也是对你成功展示的纵情分享！

我们还清楚地记得，自2017年1月16日至20日、2月12日至3月18日，你先后在上锦颐园和汶川同爷爷奶奶一起生活了41天。这期间，你非常听话，身体也挺棒。爷爷抓住这难得机遇，在坚持每天让你玩耍一段时间的同时，教你背诵了30首古诗词。你那时表现出的好学精神和过人的记忆力，让爷爷奶奶佩服。同时，爷爷还由易到难、循序渐进地教你利用竖式，演算两位数、三位数的加减法（重在强调数位对齐，不忘"进"位和"借"位），你都能较好掌握，正确率不断提升。自2017年6月10日至7月1日，你又同爷爷奶奶一起生活了22天（其中，还到爸爸工作的松潘县城生活了18天）。在松潘时，你早上同爸爸去食堂买早餐、喝牛奶，还坚持每天同爷爷一起去买中餐、晚餐，并多次应邀出席宴请（或到农家乐玩耍）。其间，你待人接物彬彬有礼、中规中矩，很受叔叔阿姨们的喜欢，爷爷奶奶也非常高兴。同时，爷爷抓紧时间，从数学逻辑的角度，让你在利用竖式演算1000以内的加减法时，努力解决减法中十位数被个位"借1"，十位数作被减数不够需要再向百位数"借1"时，必须"还个位数所借1"再相减的问题。经多天反复训练，你当时已经完全掌握。同时，爷爷还依据网上披露的2017年秋季小学语文教材内容，让你对将要学习的部分汉字和拼音提前进行了书写（拼写）训练，想必你定有收获。

我们更清楚地记得，2017年7月5日，是你们大班学生毕业汇报演出。刚自松潘返回马尔康的你,也冒雨参加了班上儿童剧《熊出没》的演出。压轴节目是全年级学生穿上小博士服,全都站在台上进行内容为"感恩老师们,惜别幼儿园"的朗诵。站在中间的你意气风发,英气毕现。及至领取了学校发的毕业证书走下台来,我赶紧拉你在操场边用手机拍了几张照片。等到回家之后,我将照片拉大仔细端详。照片上,你头戴方形的博士帽,帽子右侧晃动着象征喜庆的红色穗子;身穿黑色的长衣,颈部是白色方角的衣领,领带交叉于胸前处缀上了两个漂亮的红色蝴蝶结;再下是镶嵌于自双肩向胸部弯曲延伸交汇的红色飘带,白、红、黑三色相映相衬,显得那么大方、庄重;恰在此时,太阳从厚厚的云层缝隙露出笑脸,将一束阳光投射到幼儿园的操场里,映照到你那天庭饱满、脸圆耳大的头部。你那么帅气、那么阳刚和那么坚毅,这令爷爷奶奶格外开心与欣慰!爷爷抚摸着照片,不禁心潮起伏、思绪放飞,从眼前幼儿教育"终点"的"小博士",想到这也是你小学乃至中学、大学的新"起点"!爷爷奶奶的心愿是希望你在一道道新的起跑线上,坚定志向,认准目标,迈开步伐,勇往直前,立志到达理想的彼岸,戴上一顶名副其实的"博士帽"——它,既是你渊博知识的象征,也是成长成熟的象征,还会是你开拓进取、建功立业的象征!

诚然,要取得优异成绩,成就自己的美好人生,无疑是需要一定的天赋的。但正如爱迪生所言:"天才,那就是一分灵感加上九十九分汗水。"而唐代著名文学家韩愈《今古贤文·劝学篇》中"书山有路勤为径,学海无涯苦作舟"的警句更是振聋发聩。这是因为每个人学习过程里的点滴进步,无一不是老师不倦教诲和自身不懈努力的结果,勤奋和刻苦必将伴随着学习的始终!为此,爷爷奶奶殷切期盼爱孙千万以"天道酬勤"的古训激励自己执着求索,一定要以"征程正未有穷期,不须扬鞭自奋蹄"的教诲鞭策自己奋发进取,在放飞理想的人生中出彩!

  祝你茁壮成长,不断进取!

爷爷:甘国栋
奶奶:崔乾香

2016年3月7日起拟稿

2017年8月26日定稿

岁　月　回　响

序　跋

《阿坝师训》创刊词

承载着为建设一支高素质的民族教育师资队伍奉献一份力量的神圣使命,凝聚着全州各族教师通过继续教育完善自我的强烈愿望,由阿坝州教育局主管、阿坝州教师继续教育培训中心主办的研究中小学教师继续教育的阿坝州教育界第一份内部综合季刊《阿坝师训》,在硕果累累的金秋时节与广大读者见面了!

《阿坝师训》是一束报春花。它沐浴着 21 世纪之初的明媚阳光,吹拂着实施省委、省政府"加快民族地区教育发展,促进各民族共同繁荣"重大决策扑面而来的和煦春风,在激荡于雪山草地的"争创一流民族教育"的壮志豪情中怒放!它欢呼阿坝州民族教育大发展的春天的到来,它昭示阿坝州师资培训工作进入了一个崭新的阶段。

《阿坝师训》是一支号角。它将及时转达党和政府对教育和教师的热情关怀,及时宣传教育主管部门有关"深化教育改革,全面推进素质教育"以及师资培训工作的方针政策,及时传递各地师训工作的最新信息,帮助各县搞好师训工作,激励中小学教师通过继续教育提高自身素质。

《阿坝师训》是一块沃土。它将致力于探索中小学教师继续教育的途径和方法，推广中小学教师培训的经验和成果，研究中小学教育理论和方法，传播中小学教师的研究成果，介绍中小学的先进管理经验和优秀教师的教学经验，宣传中小学教师的先进事迹，刊载优秀教师的教改实验报告和州教师继续教育培训中心对全州师训工作的计划和安排。而其设立的民族教育、素质教育、学校管理、校长及教师素质、学科教学、教法研究、德育工作、现代教育技术、教苑撷英、继续教育法规摘登、他山之石、继续教育短波、学校简介等栏目，期盼着有志于教育教学科研的中小学教师前来辛勤耕耘，并在这一积极参与的过程中，渐进地实现教育教学工作由"经验型"转向"科研型"、角色定位由"教书匠"转向"专家型""学者型"的根本转变。

《阿坝师训》是一个窗口。透过它，全州中小学教师可以了解教育主管部门对全州民族教育发展的宏观规划和实施方案，了解教育战线教改与师训工作的最新动态和科研成果，明确素质教育对教师素质的具体要求，感悟先进学校优化管理的真谛，追寻优秀教师成长的奋斗轨迹，体味他们执着于事业且在平凡的岗位上获得成功的欢乐，进而鞭策自己不懈努力以胜任教育教学工作。

《阿坝师训》是全州中小学教师的良师益友。它将坚持以辩证唯物主义为指导，既注重理论研究，又突出实践运用，努力使之成为全州中小学教师、管理者和师训工作者的助手，使读者从"开卷"中获"益"，从篇章中更新观念、吸取营养，从而有效地提高自身乃至全州教师群体的综合素质，最终达成建设起一支"数量足够、素质优良、结构合理、相对稳定"的师资队伍和高素质的中小学管理干部队伍的奋斗目标，以优质服务于"科教兴州"战略。

《阿坝师训》还是一棵幼苗。它刚刚破土而出，尚显稚嫩，亟须全州教育界同人呵护它、培育它，为它浇灌，给它施肥，替它呐喊，使它茁壮成长，让它枝繁叶茂。有鉴于此，特恳请广大读者踊跃赐稿，不吝指教。而我们编辑部全体同事当不辱使命，定将竭尽心智，努力工作，把《阿坝师训》办成一份品位高、质量高、真情贴近全州广大中小学教师的好刊物！

《阿坝师训》编辑部
执笔：甘国栋
2001 年 7 月 18 日

《威州师范的创立和发展》（校史）后记

创建于1940年的威州民族师范学校，已经走过65年的漫漫历程。其间，形成了优良的办学传统，积聚了丰富的管理经验，尤其是对小学教育的熟悉程度、与时俱进的办学理念和竭诚为基础教育服务的观念更是一笔宝贵资源。

为着系统客观地总结反映威师这所全州创办最早的中专学校65年的发展历程及其所取得的成就和经验，为"科教兴州"提供借鉴，激发全校师生爱校、爱教、勤学、成才的热情，推进民族地区师范教育的进一步发展，本着"存史、资政、育人"的宗旨，学校于2005年6月决定编写《威州师范的创立和发展》（即威师校史），作为威师人奉献给建校65周年的一份珍贵礼物。为此，学校成立了以党委书记、校长甘国栋为主任，党委委员、副校长苏体坤，党委委员、纪委书记陈利明，党委委员、副校长赵树烈为副主任，各处、室负责人和杨运璋、张桂兰老师为成员的编委会，并由甘国栋、杨运璋二同志撰稿。

之后，学校多次专门召开会议，研究确定按"文史"的体例和章法，以年代为主线谋篇布局。全书共分七大部分。其中，鉴于1990年已经编写出版了《四川省威州师范学校校志》，故1940

年至1990年段史实文字从略；又鉴于阿坝州政协于1999年组织编写并出版的《文史资料选辑·威州民族师范学校教育专辑》已对历时三年的办学条件标准化建设做了详尽的记叙，所以，对此阶段的办学史实未再浓墨重彩；1998年至2005年阶段的史实，则详细记叙。1940年至1997年段，采用了由甘国栋同志为庆祝中华人民共和国和中国人民政治协商会议成立50周年，应政协四川省委员会文史资料委员会之约所撰写的《阿坝师范的创立和发展——发展中的威州民族师范学校》（载于《共和国五十年四川文史书系》教育专卷中）全文；1998年至2005年段，则由甘国栋、杨运璋二同志执笔撰写，并负责对全书统稿。2005年12月，学校将书稿印发给学校领导和各处（室）审读，并召开专门会议汇集修改意见，再经主笔定稿，连载于《阿坝师训》第八、九两期，呈送州委、州政府分管领导和州教育局领导审阅后定稿付印，且约请有关领导题词。

综观全书，史料翔实，加之阶段划分合理，详略处理得当，留给编写者足够的拓展空间，所以，虽然文字不足十万，却得以清晰地勾勒出威师校自1940年于抗日的连天烽火中诞生，在党的民族政策光辉照耀下发展，在拨乱反正中使学校教育教学步入正轨，在改革开放的大潮中崛起，进而励精图治、再铸辉煌，在努力适应招生并轨、师范教育体制由三级向二级过渡以及州内中专教育结构调整带来的振荡中负重前行、综合发展，在"自加压力，自明思路，自寻出路"中把握机遇，开拓进取，实现以办学迄今规模最大（在校生达到903人）、层次最高（顺利通过四川省教育厅小学教育专业专科办学水平评估）、效益最好（以毕业生在公务员和教师招考中表现突出和普遍得到用人单位好评为标志的社会效益好，经济效益最好），并为未来发展奠定了坚实基础为主要指标的协调发展的历史轨迹，全面展示了威师校为阿坝州 80 多万藏羌回汉各族人民交口赞誉的突出办学业绩，定格了威州师范在阿坝高原师范教育园地中"培养人才的摇篮"的良好形象；热情讴歌了一批又一批威师教师甘为人梯，在民族师范园地辛勤耕耘的感人事迹和敬业奉献的威师精神；生动再现了威师校友在校勤奋学习、立志成才，毕业后在雪山草地、藏寨羌乡播撒文明火种，为全州经济社会事业发展作出突出贡献的动人风采！这本书，既是党和政府关怀威师、肯定威师的真实写照，也是威师人对党和政府以及全州各族人民的深情回报！

由于时间紧迫，囿于水平有限，书中疏漏、残缺之处难免。敬请各级领导、威师教师和校友以及广大读者批评指正。

《威州师范的创立和发展》编委会
执笔：甘国栋
2006 年 3 月

执着的求索　不懈的进取

——序梁学武先生《杏坛耕耘录》

当川西北高原已是寒风飕飕、冰凌漂流之际，自威州民族师范学校党委书记、校长（特级教师）岗位上退下来后赋闲于阿坝州首府马尔康的我，欣喜地接到四川省仁寿县中学校长、党总支书记梁学武先生的电话。他告知：自己已先后自校长、党总支记岗位上卸任。学校请其将自己涉及教学、管理生涯中理念、经验、体会的文章整理出来，印刷出书，以为学校留下一笔宝贵资产。

为此，请我为其题名为《杏坛耕耘录》的此书作序。

放下电话，我心中既暖意融融，为又一位"老师范"在发挥余热方面的倾情作为；又难免惴惴，唯恐自己才疏学浅，因所作之序言不及义而有负老朋友的重托！

当构思动笔之后，我才蓦然意识到，其实，我对仁寿师范心仪久远，堪称有缘。记得 1985 年，刚出任马尔康师范教导处主任的我，就曾于春节后随同本校领导和一批教师到已在四川省中师教育界颇有名气的该校考察学习，对其建于县城土主山麓的优雅的校园、规范的管理、较高的质量，以及主人热情安排的黑龙潭水库之游所见秀丽景观，都留下了难以忘怀的印象。

我与梁学武先生则交往甚久，相知甚深。我们结识于1994年初，他随省教委组织的中师办学条件标准化建设"达标"验收组到我刚刚调离的马尔康师范开展"省检"工作，返蓉途中在威州师范与师生联欢并小住之时。当晚，梁先生来到我家里给学校打电话。虽仅短暂寒暄，未及长谈，但他那挺拔的身材、热忱的态度、豪爽的性格、睿智的谈吐、温文尔雅的举止、待人接物的恭谦，就给我留下了极其深刻的印象，大有相见恨晚之感。

之后，我们共事、交往近20年。曾有幸一道参加由时任师范处副处长的周雪峰先生领衔，于1995年3月在攀枝花师范进行的省级科研课题"中师编制"的研讨且到云南大理考察学习；1997年，时任全国师范语文教学研究会理事的他，携我送交的《导读引路讲练结合——中师语文"导读式"教学实验简结》的论文到上海出席该研究会年会并被评为一等奖，且在第一时间将结果告知于我。以后，我又同他一道，于1999年先后前往广西桂林参加全国中师语文教材研讨会，再去云南昆明参加西南五省区中师素质教育研讨会；于2000年，先到吉林师范校参加全国中师语文教材研讨会，再到太原出席全国中师语文教学研究会年会，并承蒙推举我代表四川省在会上宣读了本人撰写的论文《试论做创新性语文教师》且荣获一等奖……可谓挚友、诤友！因此，我对其敬业的精神、高尚的人品、渊博的学识，以及治校、治学和教学的业绩，可谓了若指掌。

梁学武先生是教学的专家。他先后在中师、中学执教近40年。1974年，尚在仁寿师范就读的他就开始在校内上课。若非素质过人、表现"拔尖",相信他难以在那个年代脱颖而出!1975年中师毕业后,即正式留校当老师至今。在漫漫的教学生涯中,他敬业爱岗,潜心钻研教法,践行"实、活、博、深"的语文教学观,逐步形成了挥洒自如、特色鲜明的教学风格,有效提高了教学质量,深受学生欢迎和同行好评,可谓桃李满天下!更难能可贵的是,梁先生在担当学校管理重任之后,仍始终不舍心爱的"三尺"教坛,始终不弃教学一线,坚持深入课堂教书育人,也由此掌握了指导教学这一学校核心工作的主动权。正基于在教学工作中的执着追求和不俗表现,其以胜任教学工作为起点,一步步完成了由教书匠向专家型、学者型教师的华丽转型,在1988年聘任为讲师、1992年晋升高级讲师后,又于2000年被省政府批准为以"教学的专家、师德的楷模、育人的模范"为评聘条件的四川省中学语文特级教师。同为留校师范生且与梁校长有着完全相同的晋升经历的我,自然深信此乃"天道酬勤",更深知他在这一成长历程中付出了何等的心血和艰辛!

梁学武先生是治校的能人。他1987年任仁寿师范副校长,1992年即升任校长、党总支书记。在长期的师范(中学)管理中,作为学校的灵魂和学校工作的中心人物,他带领"一班人"更新观念、锐意进取,牢牢把握住了20世纪90年代"办学条件标准化建设"这一中国中师发展"黄金时期"的唯一机遇,坚持践行"学育并举,至善至美"的办学理念,秉持"观念领先,张扬人性,遵法依规,学生发展"的治校观念,坚持"学高为师,身正为范"的办学精神,紧紧围绕"健全人格教育,提升学习力"的工作主线,努力营造"以事业发展凝聚人,以环境改善留住人,以质量提升激励人,以真心关爱感动人"的工作氛围,认真落实"管理重导向,育人重开放,教学讲实效,后勤重保障"的工作方案,潜心培育以"三育人"(教书育人、管理育人、服务育人)、"三热爱"(爱岗敬业、爱生如子、爱校如家)为核心内容的教风,科学实施"四自管理模式"(自主学习、自主管理、自主生活、自主发展),促进学生全面、个性、可持续的发展,使地处山区的既有悠久办学历史又有深厚文化底蕴的仁寿师范充满了青春的活力,且因其"达标"过关、管理规范、质量过硬、师资队伍和谐共进、毕业学生大受欢迎、多次荣获上级表彰而饮誉全川。

20世纪90年代末,随着国家"三级师范向两级师范过度"政策的实施,似仁寿师范这样办学资源优秀的学校也面临"向何处去"的"生死存亡"问题!在那"风雨飘摇""人心浮动"的关键时刻,梁先生与"一班人"审时度势、理性思考,全力稳定队伍,科学预测发展。而当上级确定仁寿师范在全省首批改制为四川省仁寿中学校后,他当即带领全校教职工卧薪尝胆、励精图治,在建设师资队伍、学校扩容建设、狠抓教学质量等纷繁、复杂的工作中理清思路、突出重点,要求教师走进中学、熟悉中学、吃透中学、胜任中学,还毅然选送一批教师到北京师范大学附中等学府深造。与此同时,在上级领导下,千方百计筹集资金,切实加大办学条件改善的力度,逐步形成了办学规模。我至今记得,我们在吉林师范开会时,常见他急匆匆走出会议室接听电话,其中绝大多数是为筹集资金、加快修建拿主意、做决断,他那紧皱的眉头、急促的话语、焦虑的神态,让在场者既为他的敬业奉献而钦佩,也为他的辛勤操劳而心疼!好在,艰辛的付出很快收获了回报。2006年春暖花开的3月,我做客仁寿师范。当梁先生陪同我游览"天街广场",吟诵《仁寿赋》,品评我的忠县老乡马识途先生题写的"仁寿"二字,并在广场中徜徉流连,遥望灯火映照下的仁寿县城夜景,再沿"天梯"而下到现占地达60余亩、建筑面积40000余平方米的仁寿中学参观之时,不禁对这所以校园依山傍水、绿树成荫、环境优雅、办学条件完善、学生学习勤奋、教学成绩突出为标志的百年老校所焕发出的勃勃生机赞叹不已!更令人兴奋的是,学校很快收获了"立住脚、站稳步、有位置、勇争先"的突出效果,在历年的高考中也是捷报频传,上本科线人数连年稳步攀升,曾荣获市县高考质量特等奖,尤其是2008年该校吕科霖同学以优异成绩考上清华大学,2010年刘冰同学以眉山市理科第一名的身份考上北京大学,更令仁寿中学教育教学跨上了新的发展平台。据悉,正是有鉴于梁先生在学校管理中展示出的高水平和为仁寿中学发展作出的大贡献,中共仁寿县委常委会在其自党总支书记岗位卸任时做出决定:由仁寿中学聘请其为该校"终生名誉校长"。

梁学武先生是教研的表率。他勤于钻研、善于思考,对"思想是行动的先导"的内涵体会深刻,对"科研兴校"的理念坚信不疑,始终执着于学校管理、中师(中学)语文教学等方面的探索与实践,且笔耕不辍、著述颇丰。也因如此,他始终活跃于四川省中师语文教学研究前沿,长期担任四川省中师语文教研联组组长、四川省中师教师晋升高级讲师科研成果鉴定专家、四川省中等专业学校语文高级教师职称评委会成员,全国师范语文教研会理事,在师范语文教学界享有充分的发言权。在我与其共事承担当时全省中师统考语文学科命题、语文试题竞赛、语文论文评奖等教研活动,以及西南五省区师范语文教学联组会先后于1998

年在峨眉山、2000年在威州民族师范学校开展的教研活动中,他都展现出很强的组织协调能力和较高的学科专业学术水平,其工作受到与会同人充分肯定。同时,他还撰写了数量可观且有学术价值的文章发表。在本人参与主编、由贵州教育出版社出版发行的《素质教育例析》《听课说课评课例析》《教学设计评析》《创新教育案例评析》《学习方法与技能训练》《课堂导学理论与实践》等几部专著中,都有梁先生(或仁寿师范教师)所撰写的稿件。更为重要的是,在梁先生率先垂范的感召下,该校始终坚持注重教师务实精神与前瞻意识的有效整合,大力提倡全体教师与时俱进、"教""研"并举,促使仁寿师范教学研究蔚为风气,教研成果丰硕,在全省师范中表现突出。转办中学后,他仍坚持以抓教研来培训教师队伍,提升教师的教学水平,提出了"学懂、记熟、练实、过手"的教学模式,提出了"激情教学"的主张,特别强调学生的学习主人地位和自主学习,使仁寿中学教师队伍成为一支敢打胜仗、能打胜仗、善打胜仗的精良队伍。

梁学武先生还才艺出众。他写一手好字,在参加云南中师"联检"和四川省部分中师"省检"时,均留有墨宝。他还长于诗词歌赋,创作了《仁寿赋》,写诗词,撰楹联,作对联,还饱含深情为仁寿师范、仁寿中学校歌填词。

此外,梁学武先生也写过一些诗、文的品评文章,既抒发自己阅读或教学之余的真情实感,也为提高教学效率、提高学生阅读能力和鉴赏水平,做了良好的"师"与"范"。

行文至此,我感悟,梁学武先生以"录"的体例,将其精心挑选的10多年来发表过的69篇(首)文章(诗、词、赋),按"学校管理篇""师范教育篇""教学篇""鉴赏篇""诗词歌赋楹联篇"分类，辑录成书，借以系统阐释管理、教学理念，深入论述教书、育人的具体做法，全面回顾办学历程，客观总结实践经验，畅谈从事教育教学工作的心得体会，表达品赏诗词、文章的独到见解。这，既是梁校长"遵命"而为，也是为着尽思竭虑育桃李、尽心竭力办学校而执着求索、不懈进取、辛勤耕耘几十年的真实记录，还是他奉献于心爱的教育事业的璀璨人生的精彩"定格"，更堪称他"退下来"之时呈交给党和政府以及100多万仁寿人民且任其评说的弥足珍贵的真情"表白"和一份寄情深厚的"考试答卷"！

  我认为，仁寿中学现任"一班人"让老校长梁先生著书立说以"存历史、促发展"确属远见卓识之举，其注重传承的精神可嘉，其勇于借鉴的态度可佩！

  我深信，阅读此书的仁寿师范（仁寿中学）的师生员工，定会由此唤起对自己在改革开放的大潮中伴随学校所走过的极不平凡的漫漫岁月的深情回忆，定能品味出其间饱含发展的喜悦、变革的艰辛、"涅槃"的愉悦，成功的振奋的心路历程的深沉蕴含，定能站在新的起点共同憧憬未来发展的锦绣前程！阅读此书的后来的仁寿中学管理者，定会从老校长过往的探索、实践中发掘经验，明晰理念，优化措施，带领教职工凝心聚力，承前启后，奋力将学校办得更有生气、更有特色，让由仁寿师范转制而成的仁寿中学继续高举素质教育大旗，集全校师生智慧，奋力拼搏，开拓进取，努力实现创建"理念领先、管理科学、特色突出、办学一流"的象牙微雕式的老百姓心中之名校的奋斗目标，努力为建设有中国特色社会主义、实现伟大中国梦的宏伟事业培养更多合格人才。恕我冒昧，这定是梁校长夙愿之寄寓，也是这本书价值之所在，亦是有缘作为仁寿师范（仁寿中学）的老朋友、四川省师范教育界一位退休的老教育工作者、梁学武先生的诤友的我，为《杏坛耕耘录》作序之初衷！

言不尽意。是为序。

甘国栋
2013 年 12 月 9 日

多彩生活的再现　激情涌动的倾吐

——《成长的足迹——甘元俊小学作文集》序

甘元俊（本名叫郭原源，读小学入校时自己坚持报名甘元俊，并沿用至小学毕业）是女儿甘秀萍之子，自小与我们生活在一起。儿时便常与我们出差、远行，1岁多，就与我们到茂县讲学，到南充出差，到成都办事；2岁多，随同我们（爷爷参加州人代会，奶奶去看望自己的妈妈）两次去九寨沟，还与妈妈一道随我们过泸定桥、经康定城、到金川县（爷爷去该县讲学）；4岁多时，与我们一道乘飞机去丽江，再到大理（身为副理事长的爷爷去出席全国师范语文教学研究会年会）……2008年"5·12"汶川爆发特大地震，致使山河破碎、房屋受损、居无处所，因为妈妈调马尔康工作，于是元俊又随同我们冒着山落飞石、公路坍塌之风险，多次往返于汶川—马尔康—丹巴—二郎山（或夹金山、宝兴县、芦山县飞仙关）—成都—平武—松潘—汶川，为威师校异地复学而四处奔波。最后，又与威师校1200多名师生员工一起，辞别故乡，离开家园，远赴江油师范学校"异地复学"，并住到2009年4月。之后，再随同我们回到郫县城阿坝州国税局第二干休所，入住他二舅舅为爷爷奶奶刚装修好的位于六楼的住房。其间，我们祖孙之间结下的深情厚谊，难以言表！

2009年秋季，他妈妈决定让刚满6周岁的元俊入小学读书。时至今日，我们陪同他回马尔康报名入校的艰难行程，仍历历在目。

记得9月7日，我们三人一道乘车自郫县国税局干休所出发，穿过山岩破碎的"老虎口"，从彻底关便桥上跨过白浪翻卷的岷江河，穿过绵虒镇一大片避灾白帐篷群包夹着的窄窄的公路，夜宿百废待兴、街道杂乱的威州镇；8日，再沿杂谷脑河而上，仰望不时自车顶掠过的飞石，车行坑洼不平的崎岖山路，承受在河床边沿与运输救灾物资的加长货车错车的莫名紧张，那提心吊胆的心绪，直至车过鹧鸪山隧道的西洞口，行驶在十分熟悉且彼时倍觉亲切的梭磨河畔的公路上时，方才平复。这，就是当年陪伴孙儿甘元俊赶赴马尔康读书的真实写照！

而不时仍在脑际萦绕的情景，还是甘元俊于9月9日背着小书包，拉着爷爷奶奶的手，怯生生走到阿坝州外国语实验学校一年级二班教室门口时，那脸上写满了希望与憧憬，却又手牵奶奶衣角不愿踏进教室！及至班主任谢碧菁老师热情地前来迎接，他才一步一回头地走到自己的座位上，由此开始了长达6年——先在马一小、州科协租房居住3年，后于2013年7月入住距爷爷的父母亲1959年至1962年居住的房屋仅20多米处的马林局新居——的小学学习生活，并在这里留下了自己成长进步的深深的足迹！

元俊自幼聪明、伶俐、好学、上进，且记忆力很强，但小孩子共有的沉溺于玩小汽车等玩具的性格特征，也很明显。不过，他在此期间对汽车的执着了解以致能说出一大串名车的型号、特性、售价，也着实让包括驾驶员在内的成人深感讶异；没有系统上过幼儿园的他,初进校时闹出的诸多(因对学校规矩不懂造成的)笑话,也确实令人捧腹!

好在,令人欣慰的是,在 6 年的时光、2000 多个日日夜夜里,我们的外孙在老师们的辛勤培育下,已经从一个懵懂无知、成天贪耍的学前儿童,成长为如今对学习和生活充满热情的少年。对这期间诸位师长的不倦教诲,我们感激不尽!

我们尤其要感谢的是班主任、语文教师谢碧菁老师!因为她十分重视学生写作的教学,这虽让元俊曾苦恼不已,却也收获丰硕!而他的每一篇作文表现出来的点滴进步,无一不是在谢老师不吝肯定、指教,我们不倦鼓励、指点之下达成。

他的"处女作",写就于 2010 年 6 月 14 日与爷爷、奶奶、妈妈应原马师校青年教师罗雨贵之邀到其所工作的壤塘县玩耍时。记得一天放学回家,元俊就缠着爷爷问如何写一篇 200 字左右的作文。初听这话,我心里还直"打鼓",一个才读一年级的孩子,词语的积累还不是很多,能写的字也十分有限,如何能写出如此多字的作文呢?但想到全班同学都必须写,就还是耐着性子给他讲:写作文必须有内心的体验,待我们去壤塘县玩耍时,爷爷会指导你先观察,再写作。于是,15 日去南木达的沿途,我们便有意指点他观察那自车窗前一闪而过的蔚蓝的天空,高照的艳阳,逶迤的群山,茂密的森林,漫漫草坡上五颜六色的花朵,路旁丛丛的红柳,金碧辉煌的寺庙,肃穆庄重的白塔,猎猎飘扬的经幡;南木达乡特色鲜明的住房,宽阔笔直的街道,河边悠闲吃草的牦牛和马儿;指导他品尝藏式农家乐帐篷里清纯的酸奶,清香的酥油炒人参果,淡淡的和尚包子……并让他试图用合适的语言来表述自己的所见、所闻、所感。回到县城晚饭后,我们便约他讲述,先听爷爷讲述一遍自己的所见所闻所感,再让他讲述一遍，并比较哪些与爷爷讲的接近，哪些遗忘了，哪些不一致，再重复讲一遍。最后自己试着写出来，不对的地方和写错的字爷爷纠正。第二天早上启程返马前，让他将改过的草稿抄写到作文本上。后来，谢老师对这篇题为《夏游南木达》的习作给予了高度评价（获得100分、18颗星），并作为范文在全班进行宣读。这让元俊尝到了"甜头"，增强了信心，也从此对写作产生了浓厚的兴趣。

爷爷就是学中文、教语文的，故对语文的内涵十分清楚。用叶圣陶先生的话说，所谓语文，就是"口头谓之语，书面谓之文"。就此，古人有云："读书破万卷，下笔如有神。"这阐明了"作文"的"诀窍"，即"读"与"写"是密切联系的。从一定意义上讲，读是学习，写是运用，或者更准确地说，读是"吸收"，写是"倾吐"。而由"听"到"说"，由"读"到"写"，则是每一个有志学习语文的人必须遵循的基本规律。

所以，自此以后，我们便将"多读、多看、多练、多想"当作"绝招"，促使元俊努力适应谢老师"大密度、高强度、严要求"的作文训练，全力配合谢老师督促元俊在写作上不断进步。

首先，我们着力引导、督促其"多读（书）"，多背诵，在"读"和"背"的过程中积累字、词、句，并逐步体味作者的表述方式，以供自己写作时借鉴。除学好所用北师大版语文教材、完成谢老师布置的阅读任务外，自2011年开始，教他先后背诵了范仲淹的《岳阳楼记》，刘禹锡的《陋室铭》，王应麟的《三字经》，李毓秀的《弟子规》，王勃的《滕王阁序》，毛泽东的《沁园春·长沙》《沁园春·雪》《卜算子·咏梅》《浪淘沙·北戴河》《七律·长征》《七律·人民解放军占领南京》，苏轼的《水调歌头·明月几时有》《念奴娇·赤壁怀古》，岳飞的《满江红·

怒发冲冠》、柳永的《雨霖铃·寒蝉凄切》、李清照的《声声慢·寻寻觅觅》、王维的《山居秋暝》、马致远的《秋思》、张继的《枫桥夜泊》、周敦颐的《爱莲说》、诸葛亮的《前出师表》、李密的《陈情表》、荀子的《劝学》……他妈妈也买了不少书籍供其阅读。正是因这种广泛的课外阅读（背诵），其开阔了眼界，扩大了知识面，为写作积累了大量的素材，借此了解掌握的方法、规律、信息逐渐增多，写作文逐渐变得得心应手，作文能力也得以在这不断的阅读积累中逐步提高。

其次，引导、帮助其"多看（自然景观和人文景观）"。在马尔康读书的几年，我们带他跟着舅舅、二舅舅两家人，经常利用假日，近则游走于卓克基官寨、西索民居、梦笔山麓、松岗天街、莫斯都石刻、昌列寺庙、大藏寺庙、卓木碉旧址、梭磨河峡谷、热足沟风光（春季可以观猴群）……远则观赏金川梨花、梨乡红叶、梦笔山的白雪、夹金山的浓雾、九曲黄河第一弯的美景、红原"月亮湾"的牛羊、茫茫大草原的花草……假期里，我们还带他乘坐快铁、地铁，体验现代科技的日新月异；带他走访故旧、亲友，体会人间真情；领他祭奠祖先，学会行孝道、存孝心……在这些行程里，我们总是利用一切机会，教会他由近到远、由总体到细节仔细鉴赏，学习抓住景物特征；教会他着意品味、体验，深刻理解风土人情的精髓。长此以往，让他逐步增强了叙写、描写的能力。

再次，帮扶、督促其"多练（写作文）"，在勤于练习中提高能力。但凡人，都有"熟能生巧"的基本体验，其实作文也如此。练习多了，就自然会熟能生巧，写出好的作文来。因此，我们坚持督促元俊按照谢老师的要求，认真完成作文尤其日记和读书笔记的写作，借以帮助自己积累材料，养成勤动笔、说真话、抒真情的好习惯，并将日记和读书笔记视作自己日后写作的最真实、最生动的素材库。爷爷的"帮扶"则分为两个阶段且重点不同：对于谢老师布置的家庭作文或家中安排的观赏人文自然景观后的日记，四年级之前，先帮助其认真审题，接着讲解该怎样取材、落笔，并由爷爷口述一遍（作文），继而由元俊复述一遍后认真思考、动笔写作，再交爷爷批改且由元俊口述"为什么会如此修改"后，再抄写到作文本上；五、六年级，则改由元俊先口述"准备怎样写"——包括主题的确定、材料的选择、文章段落层次的构想等，接着饱含激情地动笔，草稿完成并自己修改一遍之后，再由爷爷批改一次，并要求其仔细看修改结果后回答"为什么要如此改"的问题，以达到"知其然（这样改）而知其所以然（为什么需要改——亦即草稿所写为什么不妥）"的目的，待工整地抄写到作文本上之后，自己再朗读一遍，以体会所写的韵味，体验内容是否倾吐了真话、抒发了真情、突出了中心思想。

最后，激励、促使其"多想（象）"。作文能力不外分两大种类：一是再现能力，二是表现能力。再现能力就是写"实"的能力，即记叙、描写、说明的能力。表现能力也就是写"虚"的能力，即抒情、议论、想象的能力。事实上，文章真正令人佩服、令人感动之处，恰恰多在有抒情、议论的地方，文章独特的魅力也常常和奇妙的想象有关。因此，我们在引导元俊观察景物、人物时，总会启发他思考类似"由此你想到了什么"和"你受到了怎么样的启示（或教育）"等问题，借以启发他产生由此及彼、由表及里的想象，促使其在写作文的过程中让自己的心灵在想象的天空中翱翔，充分发挥自己的想象力，做到借景抒情，借事明理，借物言志，实现由"实"到"虚"的思维转换，促使自己的作文有令人欣喜的不断进步。

"有志者事竟成。"如此长期的刻苦训练，令元俊的写作不断进步，佳作连篇。其中，《美丽的马尔康》一文还被谢老师盛情推荐，最终刊载于第十二届"巴金杯"海内外学生征文比赛优秀作品集。内中收录有阿坝州外国语实验学校学生的8篇习作，除元俊的《美丽的马尔康》列于第一篇且翻译成藏文（仅有3篇被译成藏文）外，其余7篇均为四、五、六年级学生所写。这对一个不满9周岁的孩子而言，应该算是了不起的进步了！

也正是在那时，我们夫妇俩就萌生一个强烈的意愿且当即付诸行动，将元俊小学所写的作文搜集录入计算机，待到其小学毕业后，为他编辑成一个集子，既作为他的成长记录，还可供甘家孙辈以资借鉴，也聊以为我们夫妇俩退休生活的回顾。

时光荏苒，斗转星移，转眼之间，外孙甘元俊小学毕业进入汶川中学读初中都已近两年了。之前，我们忙于照管孙儿甘元杰，接送他上幼儿园及日常的照看……加之总有琐事难却，近几月则忙于受托为长期工作过的威师校撰写《威师校志（1991—2018）》，故一直未能做成为元俊编辑作文集一事。

近来，马尔康夏意渐浓，群山苍翠，天气晴朗；梭磨河水浩浩荡荡，杨树柳树枝叶繁茂；高原新城清清爽爽，月季玫瑰渐次绽放。更难得端午佳节放假三天，便借此整理编辑出《成长的足迹——甘元俊小学作文全集》，撰写序言，拟于暑假印刷成书。

纵观这本作文集，按时间之序，录入甘元俊小学阶段的全部作文176篇，全书计11万字。这些习作，较为全面地记载了外孙六年中的学习、生活、郊游之所见、所闻、所感。其中，既有点滴趣事，又有在学校、家中及外出游玩所发生的事；描写的景物以马尔康为主，也有阿坝州内、外之所见；练笔的文体有记叙文、说明文、诗歌、日记、调查报告、工作报告、个人总结、倡议书、解说词等；实写的对象囊括了人、事、景、物，且以"虚"的抒情、议论、想象，深化叙写内容的中心思想；作文的方式既有命题作文，也有仿写、看图作文（包括编故事）、扩写、续写、缩写等，堪称训练全面。

通览全集，可清楚地感知元俊所写作文中，自低年级到高年级，语言从幼稚到渐趋成熟，手法从简单到渐趋多样，描写从简笔勾勒到倾情描绘，想象渐趋丰富，联想符合情理，进步轨迹清晰；其反映的主题则始终如一，即热爱祖国，热爱家乡，热爱学校，友爱同学，尊敬老师，亲近自然，拥抱绿色，鄙视、抨击假丑恶，歌颂、呼唤真善美，理解包容同学，严格解剖自己，释放的都是正能量。对于一个小学生而言，这是十分难能可贵的！

在《我喜爱的邮票——〈开国大典〉》中，元俊先"实"写，再畅想，后感受；"实""虚"结合，前后照应，浑然一体，十分感人，以致谢老师亦不禁为之动情："一枚小小的邮票在你笔下栩栩如生，让老师也身临其境。"

在《在我成长的路上》中，元俊这样一个刚10岁的孩子，能用平实的语言，叙写自己的收获，分析取得进步的原因，其爱党、爱国、爱校、尊师、友爱、守孝道和献孝心的信念溢于言表，实属难能可贵！

在《礼物》中，元俊"欲擒故纵"，先以"春天的礼物……"与老师送的礼物作比，既巧妙点题，更表明老师的礼物对学生而言最珍贵；继而将"谢老师送的什么礼物""为什么送礼物"娓娓道来；最后叙写收到"礼物"后的强烈感受。全文以记叙与心理描写、议论、抒情结合的手法，讲清了礼物珍贵的缘由，表达了自己对老师的敬佩与热爱之深情；心理活动描写与议论相结合的一段文字，富于哲理，说服力强，有力地突出了中心思想。

元俊在《我给妈妈过妇女节》的写作中，有几点值得肯定：一是心理的描写十分成功，写自己渴盼妈妈到来的心理活动，写妈妈的表情变化令自己产生的想法，以"一股融融暖意就禁不住在胸中久久回荡"的比拟状写自己的感受等，很好地表达了对母亲的热爱之情；二是以晚间的"飕飕的寒风"与心中的"融融暖意"对比，很好地突出自己愉悦、兴奋的感受，颇有新意；三是详略得当，即将记叙、描写的重点，放在筹划欢迎母亲、渴盼母亲到来、迎候母亲之上，而对于如何招待母亲，则一笔带过。谢老师对此文的评语是："写得真好。从你的字里行间，老师体会到了你对妈妈浓浓的爱。"

《月球探险》是一篇科幻作文。元俊开卷即展开想象的翅膀，详细叙写了已经成为宇航工程师的自己于2035年乘坐"嫦娥三十号"登临地处虹湾的"中国站"的所见所闻所想；后写自己草拟"自地球向月球移民的备选方案"，并以展望"入住月球的那一天一定会早日到来"的远景为全文作结，逻辑合理，生动感人。在本文中，元俊既驰骋想象，但又并非胡思乱想——他是从"3D打印""从月球的土壤中分离出氧原子和氢原子，再制成氧气、合成为水分子""点滴灌溉""转基因技术"等现代科技成果出发，进而推测未来科技发展的趋势，体现出一定的合理性。如此看来，谢老师"你的想象丰富，曲折、离奇的情节引人入胜"的评价，是恰如其分的。

在《难忘的中秋节之夜》中，小小年纪的元俊，能在细致观察的前提下，采用描写、议论、抒情、拟人、引用等多种手法，展示了月亮升起过程中不同的颜色、形状、光线，并由景生情、借景抒情，的确写得不错。谢老师"你笔下的月亮是那么美！那份浓浓的亲情让老师感动"的评语，十分中肯！

元俊曾于2012年3月下旬随妈妈前往家乡金川，目睹了那"忽如一夜春风来，千树万树梨花开"的壮美景观，并在《春赏金川梨花》的作文里予以再现。在他的笔下，先"远望"大片的梨花，以"蔚为壮观"概括；再"近看"梨花，以"美不胜收"点评；写毕"静"景之后，转而写"动"景，又以"美得令人忘返"作结；最后想象"雪梨熟透"产生的幻觉，并以"禁不住垂涎欲滴"收束，堪称神来之笔！文中，外孙儿"开""合"有度，先写远望之所见"花海"景观，其数词"一"与"重叠量词"形成的排比手法，收到了"既让人目不暇接，又令人饱览无遗"的视觉效果；次则以细致入微的描写，加之调动多种感官——视觉的"看"（花形、花色）、嗅觉的"闻"（花香）、听觉的"听"（鸟鸣）、触觉的"感知甜"，让人对名闻遐迩的金川梨花有了全面、深刻的印象。谢老师批改此文时的感受是"读你的作文是一种享受"，可谓真情实感。

写作《我喜欢》，元俊则从日夜奔流的马尔康梭磨河着笔。他先点题并告知时令，表明"己之所爱"。之后，则循早、中、晚之序，逐一描写，以回答"有何风韵，何以招人喜欢"的问题——先点出清晨梭磨河的特征是"幽雅宁静"，再以拟人的手法，描写此时的梭磨河何以"像一位举止文静的少女"；再点出中午梭磨河的特征是"热烈奔放"，还以拟人手法，描写此时的梭磨河何以"如同一个热情的小伙子"；后点出晚上梭磨河的特征为"流光溢彩"，再从光亮、光色、光影入手精细描摹其"交相辉映"，继以"彩带飘舞"比喻，并以"美不胜收"作结。文末的"啊，我喜欢秋天的梭磨河"的议论与抒情，既是对题目贴切的呼应，也是自己真情的抒发。

由以上列举可以看到，元俊在习作中无论遣词、结构、层次，还是表达手法的运用，是达到了小学生应有的标准的。这也足以印证：谢老师对小学作文系统训练的设想是可行的，只要坚持不懈，其所教学生书面表达能力的稳步提高是可期的；我们配合老师的教学而对元俊进行作文辅导的方式是适当、有效的。

我们非常引以为自豪的是，元俊在阿坝州外国语学校读小学期间，其语文成绩一直名列年级、班级前茅；而这本展示在读者面前的作文集也可雄辩地表明：元俊小学阶段的写作并非没有瑕疵和缺点，但总体说水平是高的，其付出的心血是有价值的，是为今后进一步提高书面表达能力奠定了坚实的基础的。如果把漫漫人生比作一条无尽的路的话，小学阶段应当算是最初的那一段；同理，如果说人的语文水平不断提高是一条无止境的路的话，则元俊在这本《作文集》中所涌动的激情倾吐、再现的精彩生活，既是其竭力付出后的丰硕收获，也是其成长历程中已踏出的一串清晰且实在的脚印。这，就是我们将这本作文集命名为《成长的足迹——甘元俊小学作文集》的缘由。

诚如屈原所言："路漫漫其修远兮，吾将上下而求索。"元俊自己应当明白：小学仅是求学之路的起点，未来的求学之路不仅漫长，而且艰辛。就此而言，他理应认真总结经验，正视存在问题，不吝找出缺点，继续勤学苦练，争取新的更大的进步。

古人"天道酬勤"的训诫，激励着有志者砥砺前行。爷爷、奶奶期盼外孙元俊用智慧与执着谱写未来，用真挚与快乐点亮人生！

言不尽意。是为序。

甘国栋　崔乾香

2017 年 6 月 6 日

（于马尔康马林局居所）

后 记

寄寓着自己圆梦的夙愿、家人的鼎力支持、朋友同事的热情鼓励和众多读者热切期盼的散文集《岁月回响》，即将付印出版了。

此时此刻的我心潮起伏，思绪万千！

谈到文学创作，我本算是起步较早者。还是在金川县庆宁中学教初中语文之时，为起好示范作用，我就秉承"语文教师不要似弹花匠的女儿会'弹（谈）'不会'纺（写）'，要求学生写的作文，自己也一定能写出来"的理念，坚持写"下水文"，并于布置练习时或书面或口头与学生面对面示范、交流。

自20世纪80年代初起，我就经常在《阿坝报》（《阿坝日报》）、《四川民族教育报》《通联工作》《巴蜀师苑》等报刊上发表散文、小小说、通讯、影评、书评等文章。不过，随着自己在教学和管理方面逐渐"陷入"很深，加之在教育教学研究方面投入时间多、承担科研任务重，且成绩显著——主编有省级出版社出版发行的大专教材《儿童文学教程》等专著多部，在各级报刊和大学学报发表论文70余篇，散文、通讯、影评等若干篇，共120多万字；在全国、省、州级论文评奖中，有15篇/次获一等奖。但于文学作品的写作,则着力渐少。

自2009年退休后,虽然也为威州民族师范学校编辑《阿坝师训》两年、撰写并出版了回忆录《求索·进取》,但主要精力已经专注于两个孙子的管理之上。

直至2016年春季,应四川省威州民族师范学校顺定强校长之邀撰写校志并自6月底正式开始动笔,加之2017年6月我即动笔继续撰写回忆录《求索·进取(续)》,写作便又成为了我的常态,文思、"手感"又被很快地寻找了回来!

2019年,则算得上是我重启文学作品写作的"起跑线"。

当年5月20日,我驾车随同妻子崔乾香以及康平、云翠、佩璐等自马尔康前往成都市郫都区,且第一次行驶在分段试通行的汶马高速公路之上。沿途所见景观让自己兴奋不已,回家后,便按照5月23日与佩璐"我们爷俩各自写一篇行走汶马高速的文章"的约定,撰写成一篇散文。

当年的7月27日,我们应兄弟崔乾志邀请,出席了宴请马尔康县第二小学原音乐教师万晓玲老师及其丈夫尚志军老师的聚会。席间,相识交往已几十年的万老师介绍了自己退休后,与尚老师合作申办了"西部故人来"公众号,已经推出了109期,并由此结识了不少朋友,影响广泛,热诚邀请我们关注、参与其活动……两位老师乐观的生活态度、执着的人生追求,予我以深刻的启示和巨大的鞭策!

不久,我就将之前写就的《行驶在汶马高速路上》一文投稿"试水",没想到万老师当即编排,且于2019年8月7日一期的"西部故人来"公众号上推出。当天正在西安市秦始皇兵马俑博物馆游览的我从手机上看到这篇文章时,其欣喜与激动,较之几十年前见到自己的"豆腐干"文章发表于《阿坝报》等报刊时没有两样!

  其实,在萌生"重操旧业"继续写下去的心意之际,我也曾有过冷静的思索:即将迈入古稀的我,要再"爬格子""码文字",其难度自然可想而知。但条分缕析之余,觉得自己也具有独特的优势:过往几十年里,我曾有缘走南闯北,足迹遍及除宁夏、内蒙、新疆和西藏之外的神州大地,并有幸迈出过国门,期间的"见多识广"自然成为我写作过程中取之不尽的文思"源泉";我坚持数十年所撰写的大量日记,以及10多年前撰写出版的40万字的回忆录,就是我用之不竭的素材"宝藏";我自年轻时即爱好摄影且拥有数量可观的那一张张定格了人生历程的照片,则成为唤起自己美好记忆的最好"助手"!

  自此,我便开始了既分外艰辛又极富情趣的写作之旅,并源源不断地在"西部故人来"等公众号推出新作。继阿坝州文联主办的《阿坝文艺》于2019年秋季版全文刊载拙作《车行汶马高速》起,《阿坝日报》《国防时报》《嘉兴日报(副刊)》《羌族文学》《喜阅》《山水间》等报刊也陆续刊载了我的作品。这,令我分外欣慰:它证明自己的记忆能力、思维能力和写作水平仍然不错;令我振奋:说明只要有一股精气神,笔耕不辍,完全可以做到"老有所为";令我自豪:虽然能在不长的时间内于各级报刊密集发表作品之举来得晚了一些,但能借此让后辈学有榜样、让众多学生加深对一直尊敬的老师的写作实力有更为全面而直观的印象、让同事认可我仍具有的较强的语言表达和谋篇布局的能力;令我感悟:"天道酬勤"的古训乃颠扑不破的真理!

  随着发表和"推出"的文章与日俱增,有众多好友、同事、学生鼓励我出版散文集,家人对此也全力支持。这一颇有"诱惑力"的努力方向,进一步激发了我的创作热情,我始终保持着每月一两篇的写作进度，并坚持在"四川文化旅游网""蜀韵文旅""上游新闻"（《重庆晚报》官方账号）、"微阿坝""阿坝文艺"、阿坝州电视台"美丽阿坝""西部故人来""文艺九寨""东女文艺""金川旅游"等公众号持续推出，有效检验了社会效果，并由此拥有了一个人数可观的读者群体（我在各公众号推出的每一篇文章，其阅读量都达1000人以上。这之中，有近30篇达2000人以上，《初春九寨行》《阿坝县走笔之莲宝叶则》等6篇达3000多至5000人，《金川情人海》《金川新扎沟口印象》已近6000人，《马尔康"天街"行》已近8000人）。其间，自己也有缘先后加入了四川省散文学会、四川省杂文学会、阿坝州作家协会……这些，都给予了我达成目标的信心！

　　自古功夫不负有心人。我"不需扬鞭自奋蹄"的辛勤付出终归收获了丰硕的成果：至2022年夏末，自己撰写的行游系列文章和其他散文已达48篇；已在各公众号推出文章43篇，在《重庆晚报》《阿坝日报》《国防时报》《草地》《蜀韵文旅》《嘉兴日报（副刊）》《雪原文史》《羌族文学》《喜阅》《山水间》《西岭文学》《星光闪烁》等报刊和书籍公开发表的就达42篇，加之选自于20世纪80年代末期起在各级报刊、书籍公开发表的《危急时刻见精神》《美哉湘西》，反映汶川大地震后威师师生抗震救灾事迹的通讯《危难之中铸师魂——威师校抗震救灾纪实》《火红的青春在锤炼中闪光》，序跋《阿坝师训发刊词》《执着的求索·不懈的进取——序梁学武先生〈杏坛耕耘录〉》《多彩生活的再现　激情涌动的倾诉——序〈成长的足迹〉》，以及《给孙儿的一封信》，计15篇。以上共63篇。

　　随后，阿坝州文联副主席王庆九先生受我之托，将这些文字精心编辑为《岁月回响》《山河卷帙》两部散文集。

后记

综观呈现于读者面前的《岁月回响》，共编入23篇文章，分设四辑。其所写皆为笔者的所见所闻所感，内容涉及面广，时间跨度很大，自己也竭力使之结构严谨，语言流畅，叙事清楚，观点鲜明，描写细腻，生动形象，具有浓郁的生活气息和较强的可读性。其中：

"抒怀"编入的7篇文章中，有的赞美了生活工作在雪山草地的人民教师为发展民族教育事业不畏艰难、无私奉献的崇高精神；有的反映了在党的民族政策的光辉照耀下，阿坝交通发生的翻天覆地的沧桑巨变；有的记叙了阿坝州各族人民自力更生、艰苦奋斗改变家乡面貌的动人事迹，赞颂了"愚公移山"的精神；有的回忆并诉说了悠悠岁月，分享了笔者从中悟出的人生哲理，并相约放眼"一起向未来"；有一篇通过叙写"第二故乡"的劳动生活、风土人情，真切反映了民族地区人民的大团结和社会的巨大进步！

"讲述"编入的6篇文章中，一篇生动地再现了马尔康师范学校一位青年教师和学生见义勇为、奋不顾身抢救落水学生的惊险场景，及其所产生的巨大社会影响；一篇介绍了威州师范学校学生在"世界乐园"表演的藏羌锅庄倾倒了中外游客的盛况；电视片解说词《火红的青春在锤炼中闪光》生动形象地再现了威师校学生军训中的靓丽风景和"我也是一个兵"的豪情壮志，展现出了那个年代中师学生的动人风采；《危难时刻铸师魂》真实反映了"5·12"汶川特大地震发生后那令人心灵震撼、终生难忘的艰难日子，以及在党和政府的英明领导和全国人民的鼎力支持下，各族群众奋起抗震救灾的可歌可泣的动人故事和重建家园的壮志豪情，讴歌了伟大的"抗震精神"；两篇"抗疫纪实"则叙写了笔者和家人在防范新冠肺炎疫情中"防控""封控"的亲身

153

经历，再现了党和政府的英明决策、社会各界的齐心协力，以及家庭与个人"为大家舍小家"、严密防控的动人情景和真切感受，高度赞扬了中国共产党和人民政府敏锐的判断力、超强的动员力、卓越的组织力和坚定的执行力，歌颂了社会主义制度的优越性，由衷抒发了作为中国人的无比自豪之情，分享了于"封控"过程中悟出的人生哲理！

"观点"编入的6篇文章中，有3篇高度赞颂了两位金川县教师为人师表、辛勤耕耘的先进事迹，倡导人民教师应当具有无私奉献的高尚品德，强调了让尊师的优良传统发扬光大的必要性和重要性；1篇"影评"高度肯定且深情地呼唤了人间应有的"真善美"；1篇文章高度赞扬了阿坝州两所师范校的学生积极向报刊投稿的举动，倡导、鼓励青年学生努力提高书面表达能力；1篇"书信"则于"回顾"之中，总结了自己关注并践行让孙子自小勤奋学习、背诵古诗词文的具体方法和点滴体会，并于字里行间表达了望其立志成人成才的殷切期盼！

"序跋"编入4篇文章。其中，1篇"创刊词"以生动形象的语言，阐述了《阿坝师训》的办刊宗旨；1篇"后记"介绍了编写创建于1940年的川西北高原第一所中专学校威州师范学校校史的目的、意义、经过及其鲜明特色。编入的两篇"序言"之中，1篇评介了四川省仁寿师范学校校长在学校管理、教育教学和教学科研等方面的突出业绩；另1篇则于评介外孙子小学作文集的字里行间，重点介绍了自己"手把手"教其写作的理念、步骤和方法，在对其中代表性的篇章进行了精到点评的同时，还浓墨重彩地叙写了其求学的经历。这些，均具有普遍的学习和借鉴意义。

不过，囿于自己年事已高，水平有限，想必其间不妥之处难

后记

免，还寄望于读者朋友们海涵、雅正。

谨此，我由衷感激原阿坝州人大常委会主任、中国作协会员谷运龙先生，阿坝州文联副主席、四川省作协会员王庆九先生，引导我重启文学创作之旅的四川省作协会员、"西部故人来"公众号主编万晓玲老师，拨冗为《岁月回响》作序；由衷感谢为这部散文集的编辑付出了心血的王庆九先生；由衷感谢出版社编辑老师的辛勤付出；也由衷感谢陪同我在"为文"之途上一路走来的同事们、学生们、家人们和众多读者一直以来的关心、支持与鼓励！

我非常赞同"我们都是文学的追梦人！看世间风情万种，唯文字情有独钟"的观点，决心在文学创作的道路上继续前行，笔耕不辍，努力写出更好的文章，不懈践行自己始终秉承的"老有所为"的理念！

甘国栋
2022 年 8 月于蓉城